SCHWARZE ENGEL GIBT ES NICHT

Impressum:

Bibliografische Information der Deutschen Nationalbibliothek:
Die Deutsche Nationalbibliothek verzeichnet diese Publikation
in der Deutschen Nationalbibliografie; detaillierte bibliografische
Daten sind im Internet über http://dnb.dnb.de abrufbar.

Umschlaggestaltung: Daniel Ruf/Graphictraffic
Satz: Bea Berenik

4.Aulage
Verlag: Bea Berenik c/o Volk
Philippine-Welser-Straße 6
86150 Augsburg
beaberenik@outlook.de
Druck und Vertrieb: epubli – ein Service der Neopubli GmbH, Berlin

Bea Berenik

SCHWARZE ENGEL GIBT ES NICHT

„Brown Babies" - Mein Leben als Besatzungskind

Epubli – ein Service der Neopubli GmbH

Unser Leben besteht aus Liebe,

und nicht mehr zu lieben heißt,

nicht mehr zu leben.

(Georg Sand)

Vorwort

Die Flüchtlingspolitik in Deutschland zwischen 2015 und 2016 war letztendlich der Auslöser, warum ich mich dazu entschloss, diese Niederschrift zu veröffentlichen. Diese Krise hat ein Erlebnis wachgerufen, in das ich an einem wunderschönen Sommertag verstrickt wurde.

An diesem Tag brach sich wieder der Rassismus seine Bahn, die sich wie ein roter Faden durch mein Leben zieht.

In einem großen Park ging ich mit meinen zwei kleinen Hunden spazieren. Eine Frau mit blondierten Haaren kam mit ihren drei großen Hunden des Weges und beleidigte mich. Ich hatte sie gebeten ihre Hunde zu sich zu rufen, da meine von ihren sehr stark bedrängt wurden. Lautstark hagelte es Schimpfworte auf mich herab, die von geringschätzigen Blicken begleitet wurden. Mein Eindruck war, dass vor mir eine Rassistin stand, die keinen Hehl daraus machte und wohl stolz darauf war, zu jenen zu gehören, die ich als Irrläufer der menschlichen Fortentwicklung benennen möchte. Eines der Worte klingt noch heute in meinem Ohr: „Negerschlampe“! Zudem bedrohte sie mich mit körperlicher Gewalt vor der ich sogleich einen Rückzug machte. Ich stand nämlich einer Frau gegenüber, an der, nach meiner Annahme, Rubens Gefallen gefunden hätte. Mir aber war es unwohl dabei, unter ihren weichen, schweren Körper zu geraten. So entschied ich mich, schnellstens den Park zu verlassen und die Polizei zu informieren.

Diese Art und Weise von Beschimpfungen und der Drohung: mich bei einer guten Gelegenheit abzupassen und ihr bekannte, einschlägige Männer auf mich zu hetzen, wollte ich mir nicht gefallen lassen. Der Polizist, mit dem ich sprach, empfahl mir diese Frau anzuzeigen. „Die jetzige Zeit der Fluchtbewegung gibt

Ihnen in jedem Fall Recht. Solches Gebaren wird von der Rechtspflege konsequent bestraft!", bestärkte mich der Polizist. Die Anzeige stand nun fest. Die Justiz reagierte auch Monate später - und lud mich als Zeugin vor. Weitere Zeugen, die zum damaligen Zeitpunkt im Park anwesend waren, wurden dazu geladen. Leider muss ich vermuten, dass das Rechtswesen das Urteil im Sande verlaufen ließ. Denn bis heute fehlt eine Antwort. Die Beleidigungen wurden nicht geahndet. War es mein deutscher Name auf der Anklageschrift und die Tatsache, dass ich kein Flüchtling bin, die die Gerichtsbarkeit irritierte und es deshalb zu keiner Rechtsprechung kam? Eine weitere Frage will nicht aus meinem Kopf verschwinden: „ Kann es sein, dass Menschen wie ich, die in der Besatzungszeit geboren wurden, zweitklassig gegenüber den Flüchtlingen behandelt werden?

Das sind Gedanken, die ich nicht haben will und doch schwirrten sie zu diesem Zeitpunkt durch meinen Kopf. Inzwischen sind sieben

Jahre vergangen und Justitia schweigt. Ich glaube die hat tatsächlich meinen Fall ad acta gelegt. Mittlerweile habe ich dieses Erlebnis abgehakt, erledigt, besiegelt. Ich schau nach vorne, bis auf diese Zeilen, die Erinnerungen in mir wachrufen. Erinnerungen, die ich hier auf Papier verewige. Eine Rückschau, die ich aber schon lange abgeschlossen habe.

***

Schon Jahre davor war es ein Kampf, nicht von den rassistischen Tendenzen erdrückt zu werden. Oft spürte ich die Stiche in meinem Herzen, die mich zur Verzweiflung brachten. Es waren Kämpfe, indem ich mir die Mühe machte, mich nicht von der Voreingenommenheit der Mitmenschen, bezwingen zu lassen. Mein angeborener Optimismus verhalf mir dazu und durchbrach die Hilflosigkeit in der ich mich zuweilen befand.

Die heutige Zeit ist um eine Aufklärung bemüht und doch stoße ich an die Verständnisgrenzen. Ich frage mich, warum es noch immer so viele Leute gibt, die sich über Menschen einer anderen Rassezugehörigkeit erheben, sie beleidigen oder gar ermorden? Der Rassismus bringt Leid unter uns Menschen, was durch den „Diskriminierungswahn“ in der Menschheitsgeschichte belegt wird.

Ich bin davon überzeugt, dass mein Lebensweg durch Wertschätzung der Mitmenschen besser verlaufen wäre. Obwohl ich all die Jahre voll Zuversicht war, an eine bessere Zukunft glaubte, an die Menschen und an liebevolle Begegnungen, ist das nicht passiert.

Zunächst beabsichtigte ich nicht, die Erinnerungen aufzuschreiben, um sie dann in die Öffentlichkeit zu tragen. Meine Notizen über den erlebten Rassismus sollten der Aufarbeitung dienen. Das bedeutete auch, mich bewährten Freunden anzuvertrauen.

Ich lernte Menschen kennen, die wie ich der Ansicht sind, dass jedes Geschöpf Einfluss auf das gesamte Dasein hat. Und sie empfahlen mir, das Geschriebene zu veröffentlichen. Jahrzehnte hat es gedauert, bis ich mich dazu entschied, meine Autobiografie allen, die es interessieren könnte, zugänglich zu machen. Ich tue es hiermit, allerdings mit veränderten Personennamen, einschließlich meines Vor – und Zunamen und der Orte, wo ich lebte.

Wenn auch in heutiger Zeit, wir haben jetzt das Jahr 2023, Rassismus in Deutschland erfreulicherweise diskutiert wird, so wird dieses Thema doch noch bei vielen Bürgern in die Schublade der Tabuthemen gesteckt. Ich wünsche mir, dass Fremdenfeindlichkeit nicht mehr beiläufig betrachtet wird. Das geht nur, glaube ich, wenn die betroffenen Menschen bereit sind, darüber zu sprechen und Nichtbetroffene anfangen, offen und ernsthaft zuzuhören. Ich habe die Vorstellung, dass wir alle dazu beitragen können eine neue, tolerante, faire Welt zu gestalten. Also offenbare ich hier einen Teil meiner Rassismus-Erfahrungen. Ich strebe danach, uns Menschen aller Variationen aufzurütteln und zu vermitteln, dass wir in all unserem Tun

Verantwortung tragen. Wir alle fühlen gleich, sind glücklich oder traurig, empfinden Schmerz und vieles mehr. Wenn wir für uns selbst die Verantwortung übernehmen, so gelingt, dass die Umwelt auf uns, besonders in der Kindheit, einen positiven Einfluss nehmen kann.

Ich bin dankbar, wenn meine Lebenserinnerungen Leser mitnehmen können. Sie verstehen lässt, inspiriert und darin bestärkt, den Rassismus nicht zu tolerieren und für die Chancengleichheit einzustehen.

Bea Berenik

Cotton/Slave 2017

Vorgeschichte

Anfang des Jahres 1958, im kalten Januar, presste mich meine Mutter von Schuldgefühlen und vom Schmerz geplagt in ihre Welt, mit dem Bewusstsein, dass ihr ein weiteres Unglück widerfahren werde. Monate zuvor versuchte sie mit kräftigen Hieben auf ihren Bauch einzuwirken um bei sich einen Schwangerschaftsabbruch einzuleiten, ungeachtet dessen, dass ich mich bereits am Anfang des vierten Lebensmonates befand. Ihre Anstrengung blieb erfolglos, wie auch der Versuch, sich und somit auch mich, drei Monate später mit Schlaftabletten, das Leben zu nehmen. Ich schlug ihr ein Schnippchen, denn schon zu Anfang meines Werdens entwickelte sich in mir die Unzähmbarkeit, mein Überlebenstrieb, den ich von meiner Wirtin nicht nehmen lassen wollte.

Allerdings kann ich die inneren Beweggründe ihres Handelns nachvollziehen – denn die Gleichbehandlung anders aussehender

Menschen und lediger Mütter wurde in den fünfziger und sechziger Jahren im letzten Jahrhunderts noch nicht akzeptiert.

Es war die Zeit der schwarzen Bürgerrechtsbewegungen in Amerika. Eine Zeit des Aufbegehrens. Eine Zeit, in der auch in Deutschland eine weißhäutige Frau sich nicht in einen farbigen Armeesoldaten oder einer farbigen Zivilperson verlieben durfte. Und wenn sie es doch tat, wurde sie von der Gesellschaft geächtet.

Ledig oder auch verheiratet grenzten die Leute die Verliebten willentlich aus und beschimpften die Frau mit den Worten: „Ami-Hure, Negerflittchen!“

Meine Mutter gehörte nun auch dazu, weil sie einen Mann mit dunkler Hautfarbe liebte.

Der Nachwuchs solcher ungleichen Paare hieß nicht nur Baby, sondern Brown Baby, Negerbaby, Negerlein, Mulatte oder Mischlingsbaby.

Ich habe meinen Vater nie kennengelernt, wusste aber, dass mein Äußeres ihm ähnelte. Unbewusst machte ich ihn, den mir Unbekannten, verantwortlich dafür, dass mein Erscheinungsbild mir meist Probleme bescherte. Derart benachteiligt und beschwert fühlte ich mich alleingelassen. Schließlich weigerte ich mich seine Muttersprache Englisch zu lernen. Im Nachhinein war das blöd von mir.

Ihm sei verziehen, da er sehr wahrscheinlich von meiner Existenz nichts wusste. Denn durch meine Recherchen

(https://www.deutschlandfunknova.de/beitrag/nachkriegsdeutschland-brown-babies-kinder-der-befreiung)

erfuhr ich, dass in Deutschland von Amts wegen, den Müttern von Mischlingen, in der Besatzungszeit erschwert wurde, den Vater wie auch seine Herkunft und seine Adresse herauszufinden.

Im Jahre 2022 machte die Historikerin, Frau Leonie Schöler dieses Thema über das Videoportal TikTok noch einmal bekannt unter: „Das Schicksal der Brown Babies“

Brown Babys Reise nach Amerika 2017

Meine Mutter belog mich, sobald ich nach meinen Vater und seiner Herkunft fragte. Mir war, als trieb sie ein Spielchen mit mir. Mal hatte mein Vater wahlweise eine dunkle oder eine hellbraune Hautfarbe besessen. Dann war er ein Mexikaner oder ein Indianer. Sie war sich aber irgendwann sicher, dass mein Vater aus New Mexico, dem Südwesten der USA, stammte. Die Bezeichnung „Navajo“ vernahm ich auch oft. Ein Mix zwischen einen Schwarzen und einen Indianer behauptete sie. Bezogen auf mein Aussehen, war dies auch nicht so abwegig.

Nur bei der Beschreibung seiner glatten, schwarzen Haare und seinem rosaroten Chevrolet legte sie Wert, immer die gleiche Version wiederzugeben. Da mir aber krause Haare auf dem Kopf wachsen und mein Teint gelbbräunlich ist, entschied ich mich, eine Mischung aus allen hier aufgezählten Möglichkeiten zu sein.

Meine Mama, der eine Andersartigkeit unterstellt wurde, fühlte sich zu Exoten mit dunkler Hautfarbe hingezogen.

Das gefühlte Fremdsein kam nicht von ungefähr. Denn im Alter von zehn Jahren wurde sie von einem Dorfbewohner eines bayerischen Dorfes, in dem sie aufwuchs, missbraucht.

Ihre Mutter, von Krebs gezeichnet und inzwischen an das Bett gefesselt, war ihrem Hausbewohner sehr dankbar. Denn er bot Hilfe an und wollte das Kind nach der Schule beaufsichtigen. Der Vater meiner Mutter arbeitete währenddessen. Der Mieter in ihrem Haus hatte ein Zimmer unter dem Dach des Einfamilienhauses. Er half tüchtig aus und war sehr nett. Zu nett zu dem Kind, indem er sich jeden Tag an ihm verging. Nicht nur dieses Trauma schleppte meine Mutter mit sich herum.
Die Verschmähung vom ganzen Dorf, als es öffentlich wurde, riss ihr vollends den Boden unter den Füßen weg. Sie wurde wie eine

Aussätzige behandelt, ausgeschlossen von den Dorfbewohnern. Denn zu jener Zeit war es selbstverständlich, der Frau, ob Erwachsene oder Kind, die Schuld zuzuweisen, sofern ein Mann sich an ihnen verging. Meist unterlag das weibliche Kind/die Frau der abstrusen, allgemeingültigen Verurteilung: Sie habe jenen Mann, der ihr das antat, verführt. Das Ende vom Lied, war ein gebrochener Mensch. Sie galt als verdorben. Man gab ihr keine Chance mehr.

Mama war vierzehn Jahre alt, als ihre Mutter verstarb. Ein paar Jahre später hatte Opa nochmal geheiratet. Ich lernte erst seine zweite Frau als meine Großmutter kennen.

Mich wundert es nicht, dass Mama Menschen einer anderen Hautfarbe kennenlernte. Denn jene waren auch Ausgestoßene in der hellhäutigen Gesellschaft. Sie hoffte, die Liebe zu erfahren, die ihr von allen Dörflern und ihrer Stiefmutter vorenthalten wurde. Die wahre Liebe aber durfte sie niemals erleben.

Welche Bedeutung es für mein zukünftiges Leben hatte, zeigte sich schon zu Anfang meiner Kindheit. Als schwieriger Start und Ablehnung meiner Persönlichkeit sollten sich die daraufhin entstandenen Konflikte wie ein roter Faden durch mein Leben ziehen.

Entwicklung 1998

Was mich nicht umbringt, macht mich stärker!

„Es ist ein Mädchen!“

In ähnlicher Weise wird die Hebamme mich meiner Mutter vorgestellt haben, als ich das Licht der Welt erblickte. Knapp eine Woche früher, vor dem errechneten Geburtstermin, wollte ich diese Brutstätte verlassen. Wenn meine Mutter dabei Freude verspürte, so war diese nur von kurzer Dauer. Nach sieben Tagen Krankenhausaufenthalt, wohlgenährt mit Kolostrum und der stärkenden Muttermilch, trennte man mich von ihr und brachte mich in ein Säuglingsheim. Es lag von meinem Geburtsort, circa sechzig Kilometer weit entfernt.

Warum riss man mich ihr weg? War der Grund der, dass sie versucht hatte, sich das Leben zu nehmen, als sie mit mir im siebten Monat schwanger war? Oder, dass sie schon ein Jahr zuvor ein Kind ohne Vater geboren hatte? Abgesehen davon war es in den Fünfzigerjahren üblich, so manches Mischlingskind in die Obhut des Jugendamtes zu geben.

Da war ich nun. Ich, das uneheliche Balg. Ein Bastard, ein Bankert, ein Sündenkind.

Wenn mich auch ein behördlicher Beschluss in ein Säuglingsheim brachte, so hatte ich Glück, dass sich eine Nonne liebevoll um mich kümmerte und nach zirka einem halben Jahr

Heimaufenthalt, ein junges Ehepaar sich für mich interessierte.

„Am Tag der Übergabe, ich war inzwischen ein Jahr alt, sagte die Kinderschwester zu meinen zukünftigen Pflegeeltern: ‚Achten Sie auf Bea, sie ist ein außergewöhnliches, … ein liebes Kind', erzählte mir die inzwischen altgewordene Nonne, als ich sie vierundzwanzig Jahre später besuchte. Ich war beeindruckt, weil die ehemalige Säuglingsschwester trotz ihres hohen Alters, allein beim bloßen Anblick meiner Person, sich sofort an mich erinnerte und sogar meinen Vornamen aussprach.

Ich suchte sie auf, weil der Beginn meines Lebens nach der Geburt mich interessierte. Ich setzte mich damit auseinander um zu verstehen, warum meine Lebenspfade so verworren schienen. Und ja, mich machten ihre Worte, mit denen sie mich den Pflegeeltern zu vermitteln versuchte, mächtig stolz.

Ich, außergewöhnlich und lieb?

Meine Außergewöhnlichkeit hatte aber leider einen Haken, denn ich verrichtete meine Notdurft unabsichtlich auf dem Küchenboden, worüber meine Pflegeltern gar nicht darüber amüsiert waren. Sie dachten, ich bestrafe sie wegen ihrer Windelsparmaßnahme mit Nichtakzeptanz. Mich mit circa eineinhalb Lebensjahren an das Töpfchen zu gewöhnen, scheiterte, da ich noch nicht so weit war, wie sie es sich vorstellten.

Meine Pflegemutter zwang mich auf den kleinen Thron, der in der Küche in der Ecke stand. Wenn ich dem Töpfchen entfliehen konnte, verrichtete ich auf dem Küchenboden meine Notdurft. Zu oft! Da wurde es ihnen zu bunt, weil ich den Linoleumboden nicht nur mit Urin, sondern auch mit Kot verschmutzte.

Mein nicht Begreifen verwechselte dieses Ehepaar mit Absicht. Also wurde ich bestraft. Die verhängnisvollen Fußtritte, die mich quer durch die Küche beförderten, versetzten mich in die Bewusstlosigkeit und beinahe ins Jenseits. Ich war schwer verletzt, außen innen.

Aus Bruchteilen von den Erzählungen meiner leiblichen Mutter und Großmutter konnte ich, was bei den Pflegeleuten mit mir geschah, zu diesem Bild zusammenfügen.

Im Krankenhaus wurde ich einer Notoperation unterzogen. „Überlebt sie?“, fragte meine leibliche Mutter den behandelnden Arzt einen Tag später, weil ihr erst in der Früh, über meinen Krankenhausaufenthalt berichtet wurde. Mit einem leichten Kopfschütteln gab er zur Antwort: „Wir versuchen alles, was machbar ist“!
Ich überlebte und war, ich nehme an, psychologisch betreut worden. Denn laut der Erzählung meiner Mutter lebte ich fast ein ganzes Jahr im Krankenhaus. Noch heute verrät eine lange Narbe diese Missetat. Über die Ursache erfuhr ich, wie so vieles, als junge Erwachsene. Eine Cousine, meiner Mutter, die ihr sehr zugeneigt war, wiederholte die Behauptung meiner Mutter und Oma; das ich im Kleinkindesalter, durch Tritte der Pflegeeltern, unter einer Bauchhöhlenblutung gelitten habe und mir eine Vene am linken

Knöchel für ein Implantat entnommen worden war. Nach meiner Genesung wurde ich wieder in das Säuglingsheim zurückgebracht, in das man mich schon als Neugeborenes aufgenommen hatte.
Als ich wieder im Heim angekommen war, bettelte meine leibliche Mutter bei ihren Eltern, mich endlich nach Hause holen zu dürfen. Mit Erfolg!
Das Zuhause hatte ausreichenden Platz für eine ganze Familie – auch für mich. Ich war damals drei Jahre alt, als ich mit meiner Mutter das Säuglingsheim für immer verließ.

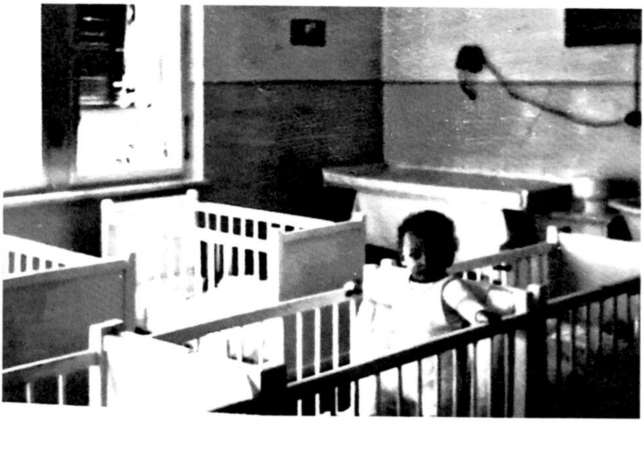

ich,7Monate alt

Mein Abenteuer kann beginnen.

Mama wohnte in einer kleinen Stadt. Die lag in Oberbayern, ganz in der Nähe der Berge.

Als kleines Kind konnte ich noch nicht die Umgebung so wahrnehmen, wie ich sie als Jugendliche und als Erwachsene realisierte. Die mit Lüftlmalerei verzierten Häuser dominierten die Innenstadt, sie sind beeindruckend und haben sich bei mir eingeprägt. Mama öffnete das Gartentor eines Staketenzaunes. Er umrahmte ein Einfamilienhaus, worin uns ein älteres Ehepaar erwartete. Es waren meine Großmutter, die zu diesem Zeitpunkt neunundvierzig Jahre zählte und mein Großpapa, der achtundfünfzig Jahre alt war.

Die beiden hatten noch zwei Söhne. Der eine war neun und der andere gerade mal viereinhalb Jahre alt – ein Jahr älter als ich. Der neunjährige hieß Robert. Leopold war der Jüngere, den ich immer Poldi rief.

Schon früh erfuhr ich, dass Poldi eigentlich mein Halbbruder war. Er war von den Großeltern adoptiert worden. Denn seine leibliche Mutter, auch meine, war einundzwanzig Jahre alt und ledig, als sie ihm das Leben schenkte. Wir hatten verschiedene Erzeuger, die wir beide nie kennenlernten.

Leopold war für meine Großmutter ein willkommenes Geschenk, nachdem ihr geborener Sohn Johannes kurz nach seiner Geburt verstarb. Also entschieden sich meine Großeltern, ihren Enkelsohn, meinen Bruder, zu adoptieren.

Robert und Poldi wurden meine Spielgefährten, wobei der neunjährige Robert mit seinen Freunden gleichen Alters, sich verständlicherweise lieber beschäftigte. Ich war das lästige Anhängsel, das sich die Beachtung bei den Älteren erkämpfte und häufig die Großen mit meiner eindringlichen Stimme dazu zwang, mitspielen zu dürfen. Mein Organ konnte sehr laut und schrill sein. Entsprechend hielt ich meine Ohren fest zu, damit ich mein lautes Schreien selbst nicht hören musste. Damit setzte ich durch, dass mir geholfen wurde, wenn ich zum Beispiel Hilfe benötigte, um den Apfelbaum in unserem Garten zu erklettern.

Das Weglaufen, der Knaben, die mich zuvor geneckt hatten, verhinderte ich meist mit meiner kräftigen Stimme – ich wusste, Opa wacht über mich. Hin und wieder bekamen Robert und Leopold Schelte von ihm, wenn sie mich veralbert hatten. Ich wiegte mich hinter Opas kräftigen Beinen in Sicherheit, wenn ich mich hinter ihm versteckte und den beiden eine lange Nase machte.

Unsere Nachbarn suchte ich gerne auf – die hatten so viel Interessantes zu erzählen. Und ich klapperte, neugierig wie ich war, auch unsere Umgebung ab. Ich liebte es auf der Straße zu sein, die an unserem Haus vorbeiführte und in Gassen, die sich in der Nähe befanden. Bei den Kinderspielen spielte ich auch mit, wovon eines mir in besonderer

Erinnerung blieb, nämlich „ Der schwarze Mann“.

Erkenntnis

Im Jahre1962 verstand ich den Satz meiner Mutter und Oma noch nicht, aber deren Ton verriet mir, dass eine Gefahr lauerte: „schwarze Männer sind gefährlich!"

Afrikaner oder Afroamerikaner schwebten nicht vor meinem Auge. Diese Menschen waren mir zu diesem Zeitpunkt unbekannt. Nein, ich stellte mir Männer in gebügelten oder in zerknitterten schwarzen Anzügen vor. Sie trugen unter anderem einen schwarzen Mantel und einen schwarzen Hut, tief ins Gesicht gezogen. Oder es waren Männer mit heller Kleidung, dessen Stoffe bei Anbruch der Dunkelheit sich zur dunklen Farbe hin veränderten. Ich vermutete das Böse in jene Männer die mit finsterem Blick ihres Weges gingen oder mit übertriebener Freundlichkeit mir entgegenkamen.

Eigentlich war ich davon überzeugt, dass es alle, mir fremden Männer betraf. Ich misstraute den mir unbekannten Schmirgelgesichter (Gesicht voller Bartstoppel / Schmirgelpapier = Schleifpapier) und wechselte eiligst die Straßenseite, sobald eines von ihnen auftauchte.

Warum ich fremden Männern so stark mit Skepsis betrachtete, weiß ich nicht. Aber ich erinnere mich, dass diese Aussage täglich im Raum stand: „Böse Männer fügen Kindern Schmerzen zu oder verschleppen sie sogar“. Immerhin wusste ich, was das Wort “Böse“ bedeutete.

Vielleicht aber, nahm ich unser Fangspiel „Der schwarze Mann“ zu ernst, dessen Reim wir in unsere Gehirne eingehämmert hatten. Ich mochte dieses Spiel, denn meistens durfte ich die Hauptfigur spielen. Nämlich den schwarzen Mann. Und darauf war ich sehr stolz.

Heute, während ich meine Erinnerungen aufschreibe, wird mir klar, dass ich das einzige dunkelhäutige Kind in unserer Straße war.

Ein Schelm, wer Böses dabei denkt. Spaß beiseite. Ich nehme an, da ich die Jüngste war und noch nicht so schnell laufen konnte, die Jungs deshalb daran Vergnügen hatten, mich die Hauptperson spielen zu lassen. So konnten sie mir leicht entwischen.

Wir spielten dieses Spiel am Wochenende oder auch an den Wochentagen, wenn Ferienzeit war.

Laut rief ich dann bei diesem Spiel durch die Straße: „Hobt ihr Angst vorm schwarz 'n Mo (Mann)?". Meine Spielkameraden verneinten: „Na, na, na!"

„Wenn der aba kummt (aber kommt)", drohte ich.

Sie schrien: „Dann lafa mia davo (dann laufen wir davon)"! Sogleich stoben sie auseinander und verteilten sich in alle Himmelsrichtungen.

Einmal wieder hatten Robert und Poldi mich schon sehr früh nach dem Frühstück im Schlepptau. Wie immer war ich diejenige, die zum schwarzen Mann auserkoren wurde. Obwohl es mich sehr freute, hatte ich den leisen Verdacht, dass die Buben schon deshalb unmittelbar nach dem Frühstück mit mir spielten, damit sie den Rest des Tages unter sich mit ihren Freunden verbringen konnten. Ich nahm es ihnen auch nicht übel. Hauptsache ich durfte einmal am Tag mit den Großen mitspielen. Die beiden hatten es ohnehin nicht leicht mit mir, wie ich heute erkenne. Hinzukam, dass wenige Mädchen in unserem Viertel wohnten und ich mit diesen, wenn es sich auch hin und wieder ergab, nur wenige Stunden am Tag verbrachte.

Meist lief ich alleine in unserer Gegend herum und schwänzte oft den Kindergarten. So konnte ich dort die täglichen Spaziergänge vermeiden. Mir war es ein Greul, wenn sich die Hand einer Kindergartenkameradin meiner Hand näherte und sie anfasste. Ich hasste es, mit einer anderen Hand verbandelt in Zweierreihe los zu ziehen. Das Erinnerungsheft des Kindergartens fiel dementsprechend dürftig aus im Gegensatz zum Heft meines Bruders, das immerhin mindestens einen Zentimeter an Dicke maß. Ich zog es vor, mich alleine in der freien Natur zu beschäftigen. Für mich war das schon damals aufregend interessant.

Ein Jahr lebte ich schon bei meiner leiblichen Mutter in einer Zweizimmerwohnung, im ersten Stock des Einfamilienhauses meiner Großeltern. Mein Bett stand in Mamas Schlafzimmer. Im kleinen Wohnzimmer hielt ich mich auch oft auf, wenn es draußen sehr stark regnete.

Für uns beide verdiente Mama das Geld in einer Holzfabrik. Bis auf die Abende und den Wochenenden sah ich sie kaum.

Ich vermisste sie nicht, denn ich hatte ja noch Oma und Opa und die Kinder in unserem Viertel, mit denen ich spielte. Hin und wieder besuchte ich meine Mutter an ihrer Arbeitsstelle, zum Ende ihrer Arbeitszeit. Dort kamen aber fremde Hände meinem Kopf zu nahe. Die wollten meine Haare befühlen - ich duckte ich mich weg, denn ich mochte es nicht, wenn ich angefasst und in mein Haar gegriffen wurde. Das aber verstanden die Arbeitskollegen meiner Mutter nicht und versuchten mich mit Streicheln zu besänftigen. Das ging schon mal gar nicht! Mir war es unangenehm wenn meine Backe gestreichelt oder gar zärtlich gekniffen wurde – ich hasste es!

Infolgedessen entschied ich mich, die Abholtage einzustellen. Lieber trieb ich mich in unserer Umgebung herum. Und da lief ich meistens zu unserem Bach, oft schon am Morgen, oder ich durchwatete ihn am Nachmittag, wenn es unter freiem Himmel eine warme Sommertemperatur gab. Der Bach durchzog in einer Schlangenlinie unser Viertel und floss in der Nähe unserer Straße vorbei. Mir machte es Spaß, ihn am Rande durchzuwaten und Stein für Stein hochzuheben. Ich wollte wissen, was sich darunter befand. - einer meiner Lieblingsbeschäftigungen. Gern streunte ich auch durch das ganze Karree unseres Ortsteiles, denn meine Neugierde war unstillbar. Die Nachbarn, die ich aufsuchte, erzählten viele Geschichten aus ihrer Kindheit oder hatten viel Wissen über Tiere und vieles mehr. Mir wurde es nie langweilig. Immer hatte ich viel zu tun und führte ein glückliches Leben - bis zu meinem fünften Lebensjahr.

Mir war all die vergangenen Jahre nicht aufgefallen, dass ich mich äußerlich von den anderen Kindern unterschied. Ein fremdes Mädchen, sie mag so alt wie ich gewesen sein, brachte den Stein ins Rollen. Ihr blond gelocktes, ordentlich gekämmtes langes Haar, das ihren Rücken bedeckte, machte sie zum Mittelpunkt auf unserer Straße, während sie an der Hand von ihrer Mutter in einem sicheren Abstand, an uns vorbeigeführt wurde.

Es war die Endphase des Frühlings, als wir Spielkinder diese fein säuberlich bekleideten Personen erblickten und interessiert beobachteten. Plötzlich lief das Mädchen auf uns zu. Es hatte sich von der Hand ihrer Mutter losgerissen. Je näher sie an uns herankam, stellte sich heraus, dass ich ihr ausgesuchtes Ziel war. Es lachte mich freundlich an, während ihre Mutter mit geöffnetem Mund, verzweifelt ihr hinterher blickte. Je näher es auf mich zukam, umso stärker gestikulierte ihre Mutter, der nichts anderes übrig blieb, als mit ihren Pfennigabsätzen ihrer Tochter hinterherzulaufen. Sie wedelte mit ihren Händen und schlug sie über ihren Kopf zusammen. Schiere Verzweiflung stand im Gesicht der Mutter. Ihr Blick verriet, dass sie mir nicht gut gesonnen war. Unüberhörbar fragte das Mädchen ihre Mutter: „Warum ist die so dunkel?“, während sie mit ihrem Zeigefinger auf mich deutete. Ich vermutete in dem Wort „dunkel“ eine Anspielung auf mein eventuell schmutziges Äußeres. Einen Spiegel hatte ich nicht dabei. Zuvor hatte ich einen Kuchen mit der feuchten, lehmigen Erde am Bach gebacken. Als ich die Antwort der Mutter vernahm, würfelte es meine Gefühle durcheinander. Zwischen Verwunderung, Antipathie und Abscheu – ich hatte ihren Wortlaut verstanden.

„Die sieht wie Scheiße aus! Die ist bäh!“, waren ihre Worte und forderte ihre Tochter auf: „Geh weg von ihr! Mit solch einer darfst du nicht spielen“!

Inzwischen war es der Mutter geglückt, ihr Kind einzuholen. Sie zerrte es grob von mir weg. Somit kam ich zu der Überzeugung: Die Frau ist böse, sehr böse. Dennoch fiel zum ersten Mal an mir auf, dass meine saubere Haut gar nicht so hell wie die meiner Spielgefährten war.

Unterdessen war die Frau mit ihrem Kind weiter gelaufen. Ich hörte das Mädchen noch weinen, obwohl sie aus unserem Blickfeld entschwunden war.

Poldi machte sich nun bemerkbar. Er stand auf einmal neben mir. Er tröstete mich und klopfte mir sanft auf meine Schulter. Damit animierte er mich dazu, mit ihm und seinen Freunden unser Spiel fortzusetzen. Als hätte ich diese einprägsame Szene mit Leichtigkeit von mir abgeschüttelt, spielte ich weiter. Doch ich vergaß sie nie, erst recht, weil ich, Zuhause angekommen, mich als erstes vor den Spiegel stellte und mein Gesicht intensiv begutachtete. Dabei fiel mir auf, dass es auch nicht so hell war, wie das Gesicht meines Bruders oder das der anderen.

Meine Spielkameraden verloren nie ein Wort über mein Aussehen, das so ganz anders war als ihres. An diesem Tag aber war mir bewusst geworden, dass ich in einem hellbraunen Naturkleid steckte und meine Haare ganz anders beschaffen waren.

Zwar war ich hübsch anzusehen, worüber ich mir damals keine Gedanken machte. Aber meinen Kopfschmuck, der im Laufe der Jahre länger geworden war, mochte ich nicht, denn es schmerzte mich sehr, wenn er gebürstet wurde. Das Durchkämmen von ungeübten Händen war die reinste Tortur, erinnere ich mich.

***

In meinem Viertel gab es einen Hund. Einen großen Hund! Dieser beschützte das Haus und den Garten unserer Nachbarin Frau Schwenk. Und die wohnte gegenüber von uns. Oft besuchte ich den Vierbeiner, denn wir mochten uns sehr. Prinzi, so hieß er, er war ein deutscher Schäferhund. Bei Sonnenschein lief er im Garten der Nachbarin umher. Wenn er mich vor dem Gartentor erblickte, zeigte er seine Freude durch ein lautes Willkommensgebell und seiner langen Zunge. Mit der fuhr er über mein Gesicht und leckte es genüsslich ab, wenn ich nah genug vorm Gartentor stand. So steigerte er meine Abwehrkraft - eine Erkältung kannte ich damals nicht. Und ihm werden die Reste der Lutschers, die sich auf meiner Backe befanden, geschmeckt haben.

„Prinzi, aus!“, hörte ich dann aus dem Hintergrund die Stimme seiner Besitzerin, während ich mich vor Lachen schüttelte. Eilig lief sie dann zum Tor und ließ mich ein, denn ich war ihr ein willkommener Besuch und sie war davon überzeugt, dass Prinzi in mir kein

Festmahl sah. Gelegentlich erlaubte sie mir sogar, mit ihm auf der Straße spazieren zu gehen. Vorher aber vergewisserte sie sich, dass kein Automobil oder Moped auf der Straße fuhr. Da hatte ich keine Sorge, weil es nur ein Auto und ein motorisiertes Zweirad in unserer Straße gab. Das Auto unseres Nachbarn und das Moped meines Großvaters. Sie hatte also nichts zu befürchten, dass wir beide überrollt werden könnten. Wenn Prinzi neben mir auf der Straße lief, legte ich meinen Arm auf seinem Rücken ab und ging ganz langsam mit ihm die Spielstraße auf und ab. Damals war ich mir sicher, dass ich diejenige war, die ihm nicht von der Seite wich, weil ich nämlich auf ihn aufpasste. Bis ich mit vierzehn Jahren begriff, dass nicht ich sein, sondern Prinzi mein großer Beschützer war.

Prinzi war der ausschlaggebende Grund, der mich dazu brachte, mein ganzes Leben mich den Hunden, die mir über den Weg liefen zu widmen.

Nicht nur der Hund unserer Nachbarin machte mich froh. Es sollten noch andere folgen.

***

Während meiner Kinderzeit, vom dritten bis fünften Lebensjahr, fühlte ich mich in Mamas Zuhause sehr wohl, bis zu dem Tag, an dem ich eine weitere Veränderung durchleben musste.

Der bisherige günstige Verlauf meines Lebens wurde in meinem fünften Lebensjahr im Sommer abrupt beendet. Meiner Oma waren die Gründe wohlbekannt. Sie verriet sie mir aber erst, als ich fünfundzwanzig Jahre alt war.

Es war also nicht nur mein nervendes Geschrei, das ich im Garten, wenn auch nicht alle Tage, erklingen ließ. Sondern es lag an der schwerwiegenden Beschuldigung einer Nachbarin, der man, so wie entschieden wurde, glaubte. Durch deren Anschuldigung kam Oma zu dem Entschluss, mich wieder in ein Heim unterbringen zu lassen. Ausschlaggebend war, dass jene Nachbarin ihr mit dem Jugendamt gedroht hatte und mir unterstellte, die Buben in unserer Straße verführen zu wollen.

Das also traute sie mir zu, während sie die Buben für dumm gehalten haben musste. Obwohl die eins bis sechs Jahre älter waren als ich. Was für ein Hohn.

Als Erwachsene tauchten in meinem Geiste wieder Fragen auf, Fragen, die mir in meiner Jugend nicht beantwortet wurden. Bei einem Besuch meiner Oma wagte ich dann ihr eine Frage zu stellen, die mich am meisten beschäftigte: „Warum wurde ich wieder in ein Heim gebracht?“

Nachdem ich sie gestellt hatte, sah ich eine Antwort erwartend in ihr Gesicht. Ich sah unausgesprochene Worte und wollte wissen, was in ihrem Kopf wirklich vor sich ging. Unbeirrt fragte ich weiter, nach dem Auslöser, der sie zu der Entscheidung brachte, mich von Mama zu trennen.

"Warum?", hakte ich entrüstet bei meiner Großmutter nach, nachdem sie mir den Grund, etwas zu leise gesprochen, preisgab. Das wollte ich nicht glauben. Ich konnte es nicht fassen, was ich wahrnahm.

Fassungslos starrte ich sie an, als mir bewusst wurde, dass ich richtig gehört habe.

„Die fand dich halt zu reif!“, wiederholte sie jetzt für mich verständlich.

„Wie meinst du das?

Pause

Ich fragte weiter: „Im Kindergartenalter - mit vier Jahren?“

Noch immer herrschte Stille.

„Du meinst doch nicht etwa …?“, unterbrach ich ihre Stummheit.

„Nun, halt …“, gab sie mir endlich zur Antwort, womit ich natürlich nicht zufrieden war. Diese zwei aussagelosen Wörter beinhalteten für mich mehr, als ich zuvor ahnen konnte. Oma senkte leicht ihren Kopf. Wobei ich beobachten konnte, dass sie mir nicht in die Augen sehen wollte. Weitere Fragen ersparte ich ihr und mir.

Eine peinliche Wortlosigkeit herrschte damals in ihrer Küche, während ich nach Gründen suchte, die dieser Nachbarin das Gehirn umnebelt haben mochten.

Schließlich fand ich einen vermeintlichen Grund, der mich noch immer, wenn ich daran denke, meinen Kopf voller Unverständnis schütteln lässt.

In den sechziger und den siebziger Jahren war es bei uns zu Hause üblich, dass Mädchen Kleider trugen. Die Ausnahme war eine rote Lederhose, die ich all die Jahre im Sommer tragen durfte. Aber nicht nur mit ihr bekleidet, kletterte ich auf dem Apfelbaum in unserem Garten, ein Kleid hielt mich genauso wenig davon ab. Ich machte mir keine Gedanken, wenn das Kleid sich in den Ästen verfing und etwas hochrutschte.

Hatte diese launenhafte Frau etwa meine Unterhose hervorlugen sehen?

Abgesehen davon fühlte ich sehr oft die Abscheu der Nachbarin mir gegenüber und nahm es meiner Großmutter übel, mich nicht vor deren schmutzigen Getratsche bewahrt zu haben. Oder glaubte sie etwa selbst an dieses dumme Geschwätz?

Es war jenseits meiner Vorstellungen, dass diese kranke Fantasie einer bösartigen alten Frau schließlich der Auslöser war, der mich wieder in die Obhut von einem Kinderheim brachte.

Warum schritt Mami nicht ein? Ach ja, die hatte sowieso keine Rechte in diesem Haus und meiner Großmama war mein Ruf-Organ ohnehin zu laut.

Der Beobachter 2018

Lustige Anekdote

An einem Freitagabend spielte ich in unserem Garten ganz nah bei einem Gully. Zuvor hatte ich nachmittags den Kindergarten besucht. Als ich vor dem Gartentor stand und es öffnete, fiel mir vor dem Abwasserkanal, ein sich langsam fortbewegendes Tier auf. Ich hatte keine Angst vor Tieren, ausgenommen Wespen und Bienen. Vor denen hatte ich einen großen Respekt – mit deren Stachel hatte ich schon mehrmals Bekanntschaft gemacht. Das kriechende Etwas entpuppte sich als ein riesiger Frosch. Den wollte ich unbedingt meiner Mutter zeigen. Also fing ich ihn ein, steckte ihn in die leere Brottasche und ging ins Haus. Mama öffnete die Küchentür, als sie mich im Flur fröhlich singen hörte. Ich konnte es kaum erwarten und griff sogleich, als ich die Küche betreten hatte, in die geöffnete Kindergartentasche, während Mami sich zu mir hinunter beugte um mir ein Küsschen auf die Backe zu drücken. Zwischen Backe und Bussi, platzierte ich den Frosch, den ich stolz ihr entgegenstreckte. Ich stellte ihr meinen süßen Lurch vor, so nah vor ihrem Gesicht, dass ich Mamis Haut fast mit dem Frosch berührte. Mit einem spitzen Schrei sprang Mami erschrocken rückwärts und lief aus dem Haus hinaus. Ihre Worte drangen durch die geöffnete Tür: „ komm in den Garten und setz die Kröte ins Gras!“. Ich war überrascht, nicht nur weil Mami vor dem süßen Tier geflohen war und es sich auch nicht um einen Frosch handelte sondern um eine Kröte, vor der sich Mama furchtbar ekelte.

Was ich aber dabei lernte war, einen Frosch von einer Kröte unterscheiden zu können. Denn Kröten bewegen ihren plumpen Körper kriechend vorwärts, während Frösche einen schlankeren Körper haben und sich hüpfend fortbewegen.

Abschied!

Anfang Juni, in meinem fünften Lebensjahr zeigten wie jedes Jahr, die Frühlingsblumen in unserem und in den umliegenden Gärten ihre Blütenpracht. Gänseblümchen, Stiefmütterchen und Vergissmeinnicht ließen gute Laune einkehren. Sie kündigten an, dass es bald Sommer sein wird.

Es war an einem Montag. Die Sonne hatte schon ihre Morgenstrahlen über unsere Straße ausgebreitet, als ein Motorgeräusch meine Augen zum Fenster hin lotste. Mich packte die Neugierde. Ich kniete mich auf das Sofa, das unter dem Fenster stand. Von dort aus konnte ich sehen, was sich vor unserer Haustür abspielte. Nur der Vorhang versperrte mir die Sicht. Vorsichtig schob ich den bunten Sichtschutz etwas beiseite und schaute durch den geöffneten Spalt aus dem Fenster hinaus.

An so einem herrlichen Tag wäre ich schon längst in unserem Viertel unterwegs gewesen.

Doch das Haus zu verlassen war mir von Oma verboten worden und meine Mami um Erlaubnis zu fragen wäre sinnlos gewesen. Ich hatte schon lange erkannt, dass meine Großmutter der Boss im Hause Kanz war.

Noch kurz vor dem Motorbrummen saß ich nach dem Frühstück artig auf dem Diwan, in meinem scharlachroten Sonntagskleid (obwohl es ein Werktag war), in weißer Strumpfhose und einer roten Schleife im Haar. Ich wartete auf das freudige Ereignis, das an diesem Tag bevorstehen solle. Davon war ich überzeugt, denn ich hatte ja mein Festtagskleid an. - Bis ich dieses Geräusch vor dem Fenster hörte.

Ein schwarzes, großes Auto präsentierte sich mir in Hochglanz. Es kam vor unserem Haus vor dem Gartentor zum Stehen. Zwei Personen unterhielten sich darin. Dann aber stieg ein Mann aus, umrundete das Auto und öffnete eine weitere Tür. Er half einer Lady aus dem Wagen, die ebenfalls wie ich in rot bekleidet war. Diese Frau zog sich, nachdem sie ausgestiegen war, einen Trenchcoat über und wendete ihr Gesicht unserem Hause zu.

„Warum sind die hier vor unserem Haus?“, fragte ich neugierig in den Raum. „Das ist eine Überraschung!“, antwortete meine Mutter prompt. Oma sagte nichts und sah mich auch nicht an.

Die Trenchcoat-Frau blieb kurz vor unserem Gartentor stehen und ging dann schnurstracks auf unsere Eingangstür zu. Unterdessen wartete ihr Begleiter in steifer Haltung neben dem Auto. Der Mann war groß gewachsen und sein Kopf saß auf seiner breiten Schultern. Das Gesicht war hinter einem schwarzen Vollbart versteckt und eine Sonnenbrille verbarg seine Augen. Dieser Mann war das Paradebeispiel für das Kinderschreckspiel „schwarzer Mann“.

Der ernste Gesichtsausdruck der Frau, die zu unserem Eingang kam, flößte mir Angst ein. Ich wollte weg, weit weg! Schnell aus unserer Küche rennen. Und doch traute ich mich nicht, weil die angespannte Stimmung es mir verbot.

Meine Augen schauten gebannt auf die Tür. Das Stakkato der Schuhabsätze kam immer näher. Es klopfte. Auf Omas „Herein!“ fiel mein Herz fast in die Hose, denn die Frau mit den Stöckelschuhen trat jetzt durch die geöffnete Tür. Ich rutschte auf meine vier Buchstaben hin und her. Ich blieb aber weiter in der Mitte des Kanapees sitzen. Dort fühlte ich mich etwas sicherer.

Es war etwas umständlich vor das Kanapee zu treten, denn der Esstisch nahm die ganze Länge des Sitz- und Liegemöbelstücks ein. Kritisch musterte ich die Augen der Fremden, als sie mich unverhohlen anstarrte. Während ich die Frau beäugte und sie ihren Blick nicht von mir wandte, war mein Großvater gerade dabei, im Garten Brennholz aufzuschichten. Mein Beschützer war also nicht zur Stelle.

Meine Mutter war ihrer Arbeit ferngeblieben. An diesem Tag blieb sie zu Hause, wegen mir, was während der Arbeitstage ungewöhnlich war.

Mein Bruder Leopold und Onkel Robert besuchten zu dieser Zeit schon die Schule. Ich war alleine mit den Erwachsenen, die sich gegenüber mir so eigenartig benahmen.

Die in der Küche stehende Fremde ängstigte mich. Ihre schmalen Lippen waren mit einer korallenroten Farbe nachgezogen. Ihr dunkelbraunes Haar, streng nach hinten gebürstet, war zu einem Knoten geschlungen. Sie begrüßte meine Oma freundlich und schaute meine Mutter daraufhin geringschätzig an. Mami hatte sich in gewohnter Weise, etwa eineinhalb Meter hinter meine Oma gestellt. Es wirkte, als würde sie hinter deren Rücken Schutz suchen. Die Frau stellte sich uns vor und eröffnete mir, dass sie mich begleiten werde. Zwar verstand ich den Sinn ihrer Worte nicht und trotzdem ahnte ich, dass Unheil bevorstand. Fragend schaute ich zu Mami, die sich noch mehr hinter Großmutters Rücken verschanzt hatte. Meine Augen wanderten zu Oma, doch die hielt ihr Gesicht von mir abgewendet. Mich erfasste Beklommenheit, weil ich von keinem der Gesichter etwas ablesen konnte. Selbst die Worte, an die ich mich erinnerte, beruhigten mich nicht: „Mausi, heit griagst an Bsuach! (heute kommt einen Besuch für dich)“

Mami hatte sie an mich gerichtet, während sie mir morgens das Sonntagskleid anzog.

„Warum?“, fragte ich sie.

„De überrasch 'n di mit wos (Die überraschen dich mit etwas)“

„Wos? (was?)“

„Des werst dann seng! (Das wirst du dann sehen!)“

„Aber, warum braucht ma an Koffa? (warum braucht man einen Koffer?) Zum Spaziern (Spazieren) fahrn?“ bohrte ich beharrlich weiter.

Ich hatte nämlich auch meine Mutter einen kleinen Koffer packen sehen.

Keine Antwort!

„Warum fahr 'n Poldi und Robert ned (nicht) mit“?

„De san in da Schui! (die sind in der Schule!)“

Mit dem sollte ich mich also zufriedengeben, denn ein Schweigen hatte sich über ihre Lippen gelegt.

Die Fremde wechselte mit meiner Großmutter noch ein paar Worte. Ich beobachtete meine Mutter, die ihre Lippen fest verschlossen hielt, während sie auf den Linoleumboden starrte.

"Ist alles fertig gepackt?", fragte die Unbekannte jetzt überraschend sich an meine Mutter wendend.

Das lies mich aufhorchen und ich erschrak. Nicht nur ich, sondern auch meine Mutter, die ihren Kopf hochschnellte.

Mit strengem Blick hatte diese Frau meine Mutter angesprochen und sich sogleich mit den Worten mir zugewendet:

„Du wirst mit mir heute eine kleine Reise machen!".

Neiiiiin, schrie es in mir – doch der Schrei blieb mir aber im Halse stecken.

Warum sollte ich mit diesen Fremden mitgehen? Warum hatten Oma und Mami sich mir gegenüber so verändert? Sie waren so still und sahen mich nicht an.

Warum?

Ich spürte mein Herz, das jetzt schneller schlug. Es pulsierte bis zum Hals. Angst beherrschte meine Gedanken.

Als hätte diese fremde Person meinen Zustand erkannt – redete sie jetzt etwas ruhiger auf mich ein.

„Du brauchst keine Angst zu haben, es wird dir gefallen", sprach die Frau. Trotzdem durchbohrten mich ihre dunkelbraunen Augen, als würden sie gleich eines Raubvogels nach ihrer Beute trachten.

Ich empfand ihr gegenüber nur noch Feindseligkeit. Weglaufen war nicht möglich, denn Großmutter hatte sich inzwischen vor dem Ausgang der Wohnküche postiert. Meine Mutter blockierte den Eingang zum Schlafzimmer meines Bruders und Onkels und sperrte sie ab. Dort hätte ich noch durch die eisernen Gitterstäbe, die vor dem Fenster in der Hauswand befestigt waren, entwischen können. Ich machte mich kleiner, indem ich mich fester in die Kuhle unseres Sofas drückte.

Der Tisch wurde weggeschoben und ich sah auf Hände, die zu meiner Mama gehörten. Sie kamen immer näher, während Großmutter den Türgriff der Ausgangstür festhielt.

„Habe ich alles?“, unterbrach der Rotlippen - Raubvogel mit fester Stimme die angespannte Situation.

Frost kroch in mir hoch.

„Nehmen sie ihr Kind und folgen sie mir!“, befahl diese Unbekannte dann meiner Mutter, während ihre rechte Hand nach dem

Tragebügel des Koffers griff. Sie lief vor meiner Mutter, die mich auf ihren Armen trug, hin zum Auto, während Oma ihr die Türen öffnete.

Mami küsste ununterbrochen zärtlich meine tränennasse Backe. Es waren Küsse, Abschiedsküsse, die niemals enden wollten. Obwohl ich Küsse auf meiner Wange verabscheute, ließ ich es an diesem Tag geschehen, so sehr beschäftigte mich es, was nun geschehen war.

Mama blieb dann, mit mir, auf ihrem Arm sitzend, vor dem Haus stehen, als der schwarze Mann auf einmal auf sie zutrat. Er streckte seine Arme nach mir aus – schnell bog ich mich zur Seite, denn ich roch die Lunte. Die Angst entlockte aus mir ein ohrenbetäubendes Gekreische. Indessen hatte die Frau das Auto bestiegen.

Jetzt wich Mami einen Schritt zurück, als der Mann ihr gefährlich nah gekommen war. Derweil vergrub ich meine Hände fest im Stoff ihres Kleides. Mein Körper klebte jetzt förmlich an ihr. Kein Luftzug sollte eine Chance haben, sich zwischen unseren Leibern seinen Weg zu bahnen. Wiederholt streckte der Mann seine Greifer nach mir aus. Nun fühlte ich mich bei Mami gar nicht mehr sicher. Ich wollte mich von ihr losreißen. Jetzt aber war sie diejenige, die mich festhielt.

Dann spürte ich große Hände, die nach mir griffen. Sie hatten durch meine Rebellion große Mühe, mich von meiner Mutter zu trennen.

Ich strampelte, schrie und hielt mich mit aller Kraft an meiner Mutters Kleid und ihren Haaren fest. Nach mehrmaligen Versuchen schaffte es der Mann, mich meiner Mami zu entwenden. Ich strampelte heftig weiter und schlug meine Schuhe gegen seine Oberschenkel. Die rechte Hand von mir hielt noch immer ein Haarbüschel meiner Mutter fest. Erbarmungslos hatte der Mann dann Finger für Finger von ihren Haaren gelöst und mich so schnell er konnte in den Höllenschlund des Autos gesteckt. Auf der

Rückbank sitzend, wartete schon die Frau vom Jugendamt. Mit ihrem Arm hielt sie mich zurück, während der Mann die Autotür zufallen ließ. Ich wurde weggefahren vor den Augen meiner Familie, die vor dem Haus stand und zusah. Opa hatte sich inzwischen auch dazugesellt.

Es sollte das letzte Mal sein, dass ich ihn lebend sah. Er verstarb, als ich zwölf Jahre alt war. Noch einmal durfte ich ihn besuchen - im Leichenhaus. Ich erkannte ihn sogleich an seinem schmalen Oberlippenbart, den auch Charlie Chaplin trug.

Opa lag mit geschlossenen Augen in einer mit weißem, glänzendem Stoff ausstaffierten hölzernen Kiste hinter einer Glasscheibe - als schliefe er. Ein weißes Tuch war bis zur Brust hochgezogen. Die Arme ließ man frei.

Ebenso erkannte ich seinen schwarzen Nadelstreifen – Sonntagsanzug in dem er steckte. Etwas zu groß schien er zu sein. Opas Hände waren gefaltet und von einem Rosenkranz umschlungen.

So begegnete ich dem Tod zum ersten Mal. Er gab mir zu verstehen, dass ich meinen geliebten Großvater niemals wieder sehen werde.

Reichlich blonde, lange Haare klebten an meinen Fingern. Ich hatte sie erst bemerkt, als ich mir meine Augen rieb. Einige davon waren an meiner nassen Backe kleben geblieben und jede Menge von Mamas Haaren zierte mein Kleid. Das ließ mich vermuten, dass ich meiner Mutter, einen Haarbüschel von einer Fläche eines Zweimarkstücks ausgerissen hatte.

Ich bedauerte es nicht, sollte sie jetzt eben eine kleine Glatze besitzen.

„Maaamiii, i wui ned weg (ich will nicht weg), Mamiiii!“, schrie ich im Auto weiter, während der schwarze Mann mit ihm langsam losfuhr.

Die Frau neben mir verzog weiterhin keine Miene.

Mein Gezeter erreichte sie nicht. Starr schaute sie zur Frontscheibe hinaus, während ihre Ohren sich taub gestellt haben mussten. Dann aber unterbrach sie ihre Taubheit und bat mich, endlich leise zu sein.

Beschwichtigend griff sie nach mir und ich nach dem Autotürgriff. Er war nicht zu öffnen. Während ich durch das Fenster sah, erkannte ich Gesichter unserer Nachbarn durch den nassen Schleier, der meine Augen trübte. Sie sahen uns traurig hinterher. Ich ahnte, es würde keine Wiederkehr geben.

Mein Blick fiel auf das Haus von Frau Schwenk, das Frauchen von Prinzi? Wo war er nur? Ich hörte ihn nicht. War er etwa eingesperrt? Werde ich ihn wieder sehen? Mein Wunsch sollte sich nicht erfüllen.

Die Frau vom Jugendamt und ihr Fahrer, trennten mich von allem, was mir viel bedeutete. Zum ersten Mal lernte ich Hass kennen. Ich hasste diese Frau, diesen Mann und meine Familie. Sie alle haben mir alles genommen. Mein Glück, meinen Prinzi, meine Freiheit.

Der schwarze Mercedes hatte die alte eiserne Brücke überquert. Diese stand unter dem großen Blätterdach der vielen Bäume, die aus der Tiefe eines Grabens hochgewachsen waren. Tief unten rauschte das Bächlein, das ich einen Tag zuvor noch besucht hatte. Dort war einer meiner Rückzugsorte, den ich dann aufsuchte, wenn ich nicht gefunden werden wollte. Denn trotz meines Hanges zur Geselligkeit zog es mich in die Stille.

Sie gab mir Kraft und Ruhe, wenn ich mich danach sehnte. Dabei lauschte ich dem Gesang meiner gefiederten Freunde und beobachtete sie still und heimlich, wenn sie emsig den gurgelnden Bach von ertrunkenen oder frisch hineingefallenen Insekten befreiten. Manchmal badeten sie sich an einer seichten Stelle und schüttelten ihr Federkleid, was besonders possierlich aussah.

Wunderschön waren die bunten stumpfen Glasscherben, die sich in diesem Bach befanden. Wenn ich dann eine Scherbe herausfischte, sie vor den Sonnenstrahl hielt und durch sie hindurch sah, erstrahlte die Umgebung in einem besonderen Licht, das mich jedes Mal faszinierte.

Ich beobachtete oft kleine Fische, die eiligst an meinen Füßen vorbeischwammen, um sogleich hinter oder unter einem großen Stein sich zu verstecken. Wenn ich auch keines der Fische erbeuten konnte, hatte ich viel Spaß daran, hinter ihnen herzujagen.

Zum Ärger meiner Großmutter war ich dann von oben bis unten nass. Ich weichte also mit jedem Mal meine Kleidung erfolgreich ein. Trotzdem hielt ihr Tadel mich nicht davon ab, das Bachbett in unserer Gegend aufzusuchen und zu durchwaten. Aber eigentlich war sie mir dann auch nicht böse.

Soll das alles nun vorbei sein?

Während der Fahrt hatte Angstschweiß mein Gesicht überzogen und sich mit meinem Tränenfluss vermischt. Er verband sich mit dem Sekret, das aus meiner Nase floss. Das Rinnsal, das sich zu meinem Mund bahnte, schmeckte salzig und fast hätte ich mich daran verschluckt.

Mich kümmerte es nicht, dass mein weißer Kragen inzwischen ganz durchnässt war und sich feuchte Flecken auf meinem scharlachroten Kleid gebildet haben. Mein Tränenfluss hinterließ ebenso auf meiner weißen Strumpfhose Spuren. Sie war an manchen Stellen etwas durchsichtig geworden und klebte unangenehm auf meiner Haut. Der Schalk saß mir nicht mehr im Nacken, sondern nur noch die blanke Angst.

Dieser sonnige Tag bedeutete einen großen Einschnitt in meinem Leben – eine Erinnerung für immer und ewig.

Die Klippe 2016

Eine weitere Anekdote aus meinen Kindertagen

Zur Abwechslung möchte ich eine schöne Erinnerung, eine kleine Geschichte erzählen, worüber ich immer wieder schmunzle, wenn ich daran denke:
Mein Großvater pflegte sich nach dem Mittagessen auf dem Kanapee auszuruhen. Sogleich, nachdem er sich hinlegte, saß ich rittlings auf seiner dicken Bauchkugel. Diese imponierte mir und ich entschied, meiner Vorstellung die Tat folgen zu lassen. Ich ahnte nichts von dem Ruhebedürfnis meines Opas und eigentlich machte ich mir darüber auch keine Gedanken.

Ich stellte mir nur vor, dass sein Bauch nun ein Pferderücken sei. Und hoppelte mit meinem Hintern auf und ab. Ich fand's lustig, wenn Opa dabei ächzte – heute denke ich, dass er sich dabei nicht wohlfühlte Aber mein Großvater ließ mich das nie spüren. Er bat mich nur darum, ihm eine Pause zu gönnen.

Manchmal hörte ich auf seine Bitte. Ich liebte ihn. Meistens aber übermannte mich mein Wille, dem ich gerne nachgab. Somit war ich diejenige, die dafür sorgte, mit dem Ritt auf seinen kugelrunden Bauch, seine Bauchmuskeln zu stärken, nebst meinen Heidenspaß, den ich dabei hatte – Was waren für ein Team!

Ein neues Leben

Zurück zu der Frau, zum schwarzen Mann und zum Auto, in dem ich nun saß und das durch eine Hügellandschaft fuhr. Es fuhr vorbei an mir fremden Dörfern und Städten. Die Landschaft hatte sich inzwischen verändert. Das Gelände war jetzt zum großen Teil flach. Auf ihm wuchsen Mais und verschiedenes Getreide. Die Straße, auf der wir fuhren, führte an einem großen See vorbei. Auf ihm tummelten sich Segelboote. Dann aber fuhr das Auto einen kleinen Hang hinauf und machte vor einem großen eisernen Tor halt. Hinter ihm verbargen sich mehrere zweistöckige Häuser. Die standen leicht versetzt auf einem langgezogenen Hügel. Die Frau von der Jugendfürsorge verließ das Auto, nachdem der bärtige Fahrer die Tür auf ihrer Seite geöffnet hatte. Sobald die Tür auf meiner Seite offen war, hing ich schon am Haken, nämlich an seiner Hand. Es war mir unmöglich wegzulaufen und außerdem war mir diese

Gegend völlig fremd, da hätte ich mich nicht zurechtgefunden - ich traute mich nicht.

Inzwischen war die Außentemperatur gestiegen, weshalb die Frau ihren Trenchcoat auf der Rücksitzbank liegen ließ. Sie wartete auf mich, während der Mann mich aus dem Auto hob und mich zu ihr brachte. Die Frau ging mit mir zu dem großen Tor. Mit ihrer linken Hand hielt sie meine rechte fest. Ihre Rechte trug wiederum meinen Koffer. Den stellte sie dann ab und drückte auf eine Klingel, die neben dem Eisentor in einer Mauer eingelassen war. Es summte, worauf sich das Tor öffnen ließ. Die Frau betrat mit mir, die noch immer weinte, das Grundstück und zog mich zu dem Haupteingang des ersten Hauses. Eine schwere hölzerne Tür öffnete sich und eine schwarz gekleidete Frau trat heraus. Ihre Haare waren unter einem großen, ebenso schwarzen Tuch versteckt. Diese Nonne stellte sich mit ihrem Ordensnamen vor. Sie war das Oberhaupt der Schwestern, die in diesen Häusern ihrer Pflicht nachgingen. Sie führte die Jugendamtsfrau und mich in einem Vorraum. Ein großes Mosaikbild auf einer Wand beherrschte den Raum.

Durch eine weitere geöffnete Tür betraten wir den Speisesaal, wo eine zweite Ordensfrau, diesmal in grauer Ordenstracht, auf uns wartete. Beide Ordensschwestern wechselten ein paar Worte mit der staatlichen Kinderfürsorge, worauf die auf uns wartende Nonne mit ihr und mir in das nächste Haus gingen. In diesem Haus angekommen, wurde mir ein Mädchen vorgestellt. Es mag vierzehn Jahre alt gewesen sein und hieß Gabriele. Während Gabriele sich mit mir zu unterhalten versuchte, ich aber kein Wort für sie übrig hatte, war die Frau der Jugendfürsorge auf einmal verschwunden.

Die Trenchcoat-Frau hatte sich stillschweigend, ohne einen Abschiedsgruß, verdrückt.

Einerseits war ich erleichtert, andererseits stieg meine Furcht, denn ich fühlte mich einsam ohne meine Familie und mittlerweile hatte ich mich, während der Fahrt, an die Frau und ihrem Chauffeur gewöhnt. Ich wusste nicht, wie es nun weitergehen sollte - was mir vorbestand. Ich stand jetzt mit dem Mädchen und meinem Koffer ganz allein auf dem Flur im ersten Stock. Sie nahm meine Habseligkeiten aus dem Koffer und legte sie in einem Holzspind ordentlich ab. Die Nonne, die uns in das zweite Haus gebracht hatte, war auch in einem Raum verschwunden, aus dem Kinderstimmen zu hören waren. Die Tür zu dem Raum war verschlossen, als wir an ihm vorbeigingen.

Gabriele betrat mit mir einen Waschraum. Drei weiße Toiletten-Kabinen standen in dem großen Baderaum. Links und rechts waren an den Wänden jeweils sieben Waschbecken aneinandergereiht. Wandhaken hatte man links und rechts neben den Becken befestigt. Es waren Namensschilder darüber angebracht. An den Haken hingen zwei Handtücher in verschiedenen Farben und auf ihnen zwei Waschlappen, die ebenfalls verschiedenfarbig waren (für die Gesichts – und Körperwäsche). Es gab noch eine Duschecke. Schräg versetzt war über ihr ein längliches Milchglasfenster gekippt. Sonnenstrahlen stahlen sich durch dieses Fenster und machten diesen Raum freundlicher.

In diesem Raum hielt ich mich oft auf, zur Strafe, wenn ich die Rechenaufgabe meiner Lehrerin nicht kapieren wollte. Zuvor aber war ich in meine Traumwelt abgeglitten, obwohl sich die Schwester Mühe gab mir das Verstehen beizubringen. Wenn das nicht half, folgte ein Rutenschlag auf meine Finger der linken Hand, der mich aus dem Fantasiegebilde reißen sollte. Bei einem weiteren Nichtverstehen wartete der Waschraum auf mich. All die Jahre, in dem ich in diesem Kinderheim aufwuchs, kam es mir vor, dass ich die Einzige war, die einen Rutenschlag auf meine Finger erhielt und die sich in diesem Waschraum zur Strafe aufhalten musste. Denn ich hatte niemals die Schwester mit der Rute in der Hand andere Kinder züchtigen und im Waschraum ein anderes Mädchen eine Strafe absitzen sehen.

War ich die Einzige, die sich im Rechnen so dumm anstellte?

Nachdem meine Waschutensilien verstaut waren, ging Gabriele mit mir in eines der Schlafzimmer. Vier Betten standen darin. Das Nachtlager hinter der Tür sollte meine Schlafstätte sein. Dort, nur dort, war die Wand seitlich am Kopfende mit großen Löchern versehen.

Wie kamen die denn dorthin?

Auf eine Antwort musste ich nicht lange warten. Die gab ich mir selber, denn ich hatte mir angewöhnt, wenn ich im Bett lag, meinen Körper hin und her zu schaukeln, bis ich müde geworden, einschlafen konnte. Als ich aber einmal doch noch wach blieb, bewegte sich mein Zeigefinger wie von selbst zu einem der Löcher hin. Es bröselte, als ich mit meinem Finger hinein stocherte. Ich spürte genussvolle Sinnesempfindung und es beruhigte mich, sodass ich mich jetzt täglich daran machte, diese schon vorhandenen Löcher zu vergrößern. Jeden Abend bohrte ich nach dem

Herumwälzen so lange in den Löchern, bis sich meine schwer gewordenen Augenlider senkten.

Das Mädchen, das zuvor in diesem Bett gelegen hatte, muss, ebenso wie ich, Schwierigkeiten beim Einschlafen gehabt haben. Ich trat jetzt an ihre Stelle. Das Herumstochern in der Wand hatte sich zu meinem Einschlafritual entwickelt.

Es fiel mir auf, dass auf allen der vier Betten das überzogene Kissen und Plumeau glatt gestrichen und akkurat gefaltet war. Man hätte ein Lineal anlegen können. Die Laken wiesen ebenso keine Falten auf. Genauso korrekt sollte ich nun auch am Morgen mein Bett nach dem Aufstehen machen, erklärte mir Gabriele. Ich, die damals gerade mal circa eins dreizehn groß war, sollte mich jetzt um mein Bett kümmern?

Ich stand auf einmal einer großen Herausforderung gegenüber, weil ich daheim noch nie mein Betttuch glattgestrichen und die Bettdecke gefaltet, geschweige denn ein

Kopfkissen aufgeschüttelt hatte. Ich kann es nicht mehr aufzählen, wie oft Tränen flossen, wenn die Nonne das Laken mit der obenliegenden Zudecke und Kissen von der Matratze riss und mich ein weiteres Mal von vorne beginnen ließ. Solange, bis sie gnädig meine Pflicht übernahm.

Nach der Führung sollte ich mich zu den anderen Kindern, es waren ausschließlich Mädchen, im Vorraum des Kinderhauses hinzugesellen.

An diesem Tag wurde das Spielewissen bei mir erweitert. Ich lernte „Schornsteinfeger ging spazieren" kennen. Es ist ein Bewegung - und Gesangspiel.

Noch spielte ich nicht mit, ich musste mir immer wieder die Tränen von der Wange wischen, denn ich war mit meinem Heimweh beschäftigt. Es entging mir trotzdem nicht, dass die Kinder, während sie singend unterschiedliche Tiere und Gegenstände (die Mädchen kamen zum Einsatz als Tier und Gegenstand) einkauften, auch ein Negerlein beschafft wurde. Das ausgesuchte Mädchen spielte dann die Negerin und reihte sich in die Schlange der eingekauften Tiere und Gegenstände ein.

Wie bei einer Polonaise gingen die Mädchen flotten Schrittes durch den ganzen Raum und sangen dieses Lied „Schornsteinfeger ging spazieren …“ und die erste vor der laufenden Schlange wählte aus, wer mitwirken durfte. Als ich dann aber nach einigen Wochen Heimaufenthalt mich zum Mitspielen entschied, war ich es, die mit jedem Mal zum Negerlein auserkoren wurde.

Jetzt besaßen sie ja ihren richtigen Neger.

Bevor ich in das Heim gebracht wurde, kamen in dem Kinderheim bei diesem Spiel nur Hellhäutige zum Einsatz, weil es an Negern fehlte. Dem Negerlein stand ich damals neutral gegenüber, denn zu diesem Zeitpunkt wusste ich noch nichts über die Geschichte, die sich hinter diesem Wort verbirgt. Aber als ich das Lied „zehn kleine Negerlein lernte“, begriff ich, dass es sich um dunkelhäutige Menschen handelte. Im Kinderliederbuch waren schwarzgemalte Kinder abgebildet, die Haare hatten wie ich, nicht aber Kinder mit heller Haut. In diesem Bewegungslied verkaufte man schwarze Kinder oder sie starben durch unglückliche Umstände.

Gehörte ich jetzt also auch dazu?

***

Es war Abend geworden. Nach der Abendmahlzeit, die ich nicht anrührte, wurde ich in ein großes Badezimmer geführt. Es besaß drei Wannen und vier Duschen. Eine der Badewannen, war mit Wasser gefüllt. Auf Geheiß einer Nonne stieg ich in diese. Mein verweintes Gesicht wurde mit einem Waschlappen umsonst abgewaschen, denn meine Tränendrüsen verschlossen sich nicht. Sie verstärkten sich sogar zu einem Wasserfall, als mir die grauhaarige Schwester mit dem Waschlappen etwas zu grob über meinen Teint fuhr. Dann aber beäugte sie meine Knie eindringlich. In ihren Augen blitzte Argwohn auf.

„Herrje sind die schmutzig!“, echauffierte sie sich über meine Knie und rieb sie kräftig mit einer Kernseife ab. Trotzdem blieben meine Knie ihrer Sauberkeitsvorstellung schuldig. Die Schwester bat dann ein Mädchen, das sich gerade duschte, auf mich aufzupassen, und rauschte ab. Wieder war es ein Mädchen im Teenager-Alter, das mir jetzt erst aufgefallen war. Verdutzt blickte ich sie an, denn zum ersten Mal sah ich jemand älteres im Evakostüm. Das Mädchen beobachtete mich aufmerksam, während sie sich ihre Kleidung überzog. Einstweilen war das Wasser in der Badewanne etwas kühl geworden. Ich fröstelte. Die Nonne, die inzwischen zurückgekommen war, trieb mir wieder Hitze zurück in meinen Körper. Mit einer Wurzelbürste, über deren harte Borsten sie die Kernseife mehrmals zog, bürstete sie dann kräftig meine Knie.

„Au ... Au ... Autsch!“, das tat weh. Ich weinte nun nicht mehr allein des Verlustes meiner Familie wegen, sondern weil meine Knie jetzt schrecklich schmerzten.

„Der Dreck ist ja eingewachsen!“, stellte sie resignierend fest.

Mit einer Schnappatmung quittierte ich ihr Bemühen, wodurch sie mir ihren Unmut zeigte und mich anschrie, „endlich das Weinen aufzuhören“. Entnervt gab sie das Bürsten mit der Wurzelbürste auf, weil es nach ihrer irrtümlichen Feststellung nicht möglich war, das „Eingewachsene“ zu entfernen.

Dieser Frau waren wohl Kinder mit brauner Haut fremd. Oder waren es die dicken Brillengläser, die womöglich verhinderten zu erkennen, dass naturgemäß die Knie und die Ellenbogen etwas dunkler sein können, als der Rest der Hautfarbe. Abgesehen davon war die Haut meiner Knie vom vielen Hinfallen auf die Straße und beim Durchstreifen der Natur etwas vernarbt.

Jedenfalls ließ sie mich mit hochroten Knien aus der Folterwanne aussteigen, mich abtrocknen und anziehen. Dabei half mir das inzwischen bekleidete Mädchen, ohne ein

Wort von sich zu geben. Die Nonne hatte den Raum verlassen.

Der Aufenthalt in diesem Heim fiel mir im ersten Monat sehr schwer. Jeden Tag löcherte ich die Nonnen zu unterschiedlichen Tageszeiten: „Wann derf i hoam“? (wann darf ich nach Hause?)

Obwohl die Antworten ausblieben, ich also konstant übergangen wurde, blieb ich trotzdem hartnäckig und stellte immer wieder die gleiche Frage. Ich war sehr unzufrieden, dass ich keine Antwort bekam.
Deshalb verweigerte ich sogar meine Lieblingsspeise, den Schokoladenpudding, den es am zweiten Abend meines Aufenthaltes gab. Eine von den drei Nonnen, die uns Kinder bedienten, wurde sehr wütend auf mich. Weil ich nicht nur nicht aß, sondern zudem in das Essen heulte, meine Tränen also auf den Pudding tropfen ließ, den sie in den Teller geschöpft hatte. Ich erkannte sie. Es war die

Schwester, die mir einen Tag zuvor die Knie schrubbte.

Rumms!

Ein Schlag auf meinen Rücken – ich erschrak! Er riss mich aus meiner krummen Haltung und kurz aus meinem Weinen. Ich bemerkte, dass Warmes den geradegerückten Rücken hinunterlief. Aus dem Augenwinkel, sah ich diese Schwester, die ich erzürnt hatte, wie sie den großen Schöpflöffel in den Puddingtopf, der auf einer Anrichte stand, sinken ließ.

Die Nonne, die meine Gruppe betreute, kam herbeigerannt, zog mich vom Stuhl und lief mit mir in das Waschzimmer des Mädchenhauses, um die vom Pudding verschmutze Kleidung durch eine saubere auszutauschen. Es war mein Nachthemd, mit dem ich im Schlafzimmer, in dem ich schlief nun alleine auf die anderen Kinder warten musste, bis sie, fertig gewaschen und in ihrer Schlafkleidung vor dem Kruzifix auf dem Boden kniend das Abendgebet sprachen. Der Trotz hielt mich vom Beten ab. – Ich schwieg.

Die nächsten Tage und Wochen aß ich, wenn es auch wenig war. Weinen tat ich aber noch immer. Und endlich, nach circa fünf Wochen Aufenthalt, hatte sich meine Beharrlichkeit, die Schwestern mit meinen Fragen zu löchern, ausgezahlt. Es erbarmte sich endlich eine Ordensfrau meiner und antwortete:

„Wenn deine Großmutter es möchte!".

Wie es sich herausstellte: Oma mochte nicht!

Ich wurde nämlich nicht von ihr abgeholt.

Zutiefst enttäuscht hörte ich auf, jemals wieder diese Frage zu stellen. Meine Tränen versiegten, so auch meine Neugierde und Beharrlichkeit.

Meine mir innewohnende Fröhlichkeit lebte ich nur noch in meinen Tagträumen, indem ich darin meine heile Welt aus vergangener Zeit Tag für Tag aufsuchte. Dann hörte ich das Summen der Insekten, in der Wiese, während ich beim Durchstreifen dieser grünen Matte von dem hohen Gras gestreichelt wurde.

Unzählige Blumen standen in voller Farbenpracht und reckten ihre Köpfe gierig der Sonne entgegen. Ich sah die Baumkronen der Laubbäume im Wind sich sanft hin und her wiegen, während Vögel am Himmel ihre Kreise zogen. Über die Wiese laufend breitete ich dann meine Arme aus und rannte zu meinem Bach, wurde immer schneller und schneller, bis ich mich ganz leicht empfand. Ich war davon überzeugt, fliegen zu können und fühlte mich glücklich und frei. Ich flog über die Gräser, zum fließenden Wasser hin, das gurgelnd ein Lied anstimmte. Meine Hände griffen in den kühlen Bach. Stein um Stein drehte ich dann geduldig um, hoffend, etwas Verborgenes zu finden. Nur wusste ich nicht mehr, wonach ich suchen sollte. Denn ich kämpfte um die Wette mit dem Schlag der Realität, wenn ich wieder durch ein leichtes Anrempeln oder einem unermüdlichen Flüsterton zurück auf den Boden der Tatsachen gebracht werden sollte.

Die Wirklichkeit ließ mich das Gefühl der Peinlichkeit erkennen, denn jeden Morgen stieg ich jetzt auf einmal aus einem nassen Bett. Meine Unbefangenheit erstarb. An dieser Stelle ergriff die Scham und die Schüchternheit von mir Besitz. Jeden Tag ängstigte ich mich vor dem Einnässen und vor dem Aufstehen am frühen Morgen. Ich war dann gezwungen, vor aller Augen, den nassen Überzug des Plumeaus und das Laken von der Matratze abzuziehen. Ich ekelte mich davor und vor mir. Und ich schämte mich vor den Kindern so sehr, dass ich mich am liebsten in eine Ecke verkrochen hätte. Außerdem war es üblich, dass ein Kind die von ihm beschmutzte Bettwäsche in das „Haus Eins“ (dort befand sich im Keller die Waschküche) tragen musste. Als mir das erste Mal dieses Malheur passierte, zeigte mir die Gruppenschwester den Weg zur Waschküche. Da wusste ich noch nicht, dass ich in den nächsten Tagen auf dem Weg dorthin durch ein Spalier gehen musste. Einige Mädchen aus meiner Gruppe, hatten die Menschengasse im Flur gebildet. Weitere Mädchen schlossen sich Ihnen an. Sie zwangen mich dazu, durch die Menschengasse mit der schmutzigen Wäsche, die ich mit meinen Händen trug, zu gehen. Es war wie ein Spießrutenlauf, wenn ich die stinkende Wäsche in Richtung Waschküche trug. Sie lachten dabei und verzogen angewidert ihre Nase und beschimpften mich. Keine der ehrwürdigen Schwestern schritt ein.

Etwa nach einer Woche gaben die Mädchen ihre Gehässigkeit auf und bestraften mich nur noch mit Missachtung. Ich rettete mich vor deren Blicke, indem ich mein Gesicht hinter diesem stinkenden Wäscheberg verbarg. Gehasst hatte ich mich ja selbst für mein Vergehen, ich fand aber keine Erklärung dafür, warum es mir, wo ich zu Hause bei Mama selten eingenässt hatte, es in diesem Heim jetzt täglich passierte. Und das nur mir, aber keinem anderen Mädchen in unserer Gruppe.

Von Mal zu Mal zog ich mich mehr zurück. Meine Erinnerungen und meine Fantasie gaben mir die Kraft, mich nicht ganz verloren zu fühlen. Dabei half mir der Hund des

Hausmeisters wie auch die schwarze Katze, die immer wieder auf dem Heimgrundstück herumlungerte und sich von mir streicheln ließ.

***

Heimkinder besuchten ebenso wie die Kinder aus dem Dorf eine Schule, die in der Dorfmitte stand. Am Tag der Einschulung fiel mir auf, dass viele bunte Schultüten die Gesichter vieler Mädchen zum großen Teil verdeckten, als sie mit ihren Müttern durch die geöffnete Schultür schritten. Ich war neidisch, weil ich keine besaß. Mir war es ansonsten egal, welche Kleidung ich tagsüber trug. An diesem Tag aber empfand ich mich als ein hässliches Entlein, weil ich im Gegensatz zu den anderen Mädchen nicht feierlich herausgeputzt worden war.

Greta, die sechs Jahre alt war, ein halbes Jahr älter als ich, wohnte ebenfalls wie ich im Kinderheim. Sie trug wie die anderen Kinder eine Riesenbonbontüte vor sich her. Warum also besaß ich keine? Und Greta hatte

Sonntagskleidung an. Darüber trug sie eine schicke Jacke.

Ich war mit einem hässlichen dunkelgrünen, mir etwas zu großen Cord-Rock und einem beigen Polohemd bekleidet. Darüber trug ich einen abgetragenen Lodenmantel aus dem Kleiderfundus des Heimes, den sich andere Mädchen vor mir, über die Jahre hinweg, überzogen hatten.

Keine der Klassenkameradinnen wollte sich hinter die Schulbank neben mich hinsetzen. Insgeheim wünschte ich mir, dass eines von diesen Kindern neben mir Platz nehmen würde, nur zum Eigennutz. Sie sollte mir etwas von ihren Süßigkeiten abgeben. Und wie ich befürchtet hatte, tat es keines der Mädchen.

Zwar hatte ich nah am Wasser gebaut. Aber ich riss mich an diesem Tag mit aller Kraft zusammen. Niemand sollte sehen, wie die Wut auf die Mädchen und meine Verwandten in mir aufflammte.

Meine Familie hatte nämlich die Aufgabe, wie ich es von der Gruppenschwester erfuhr, für meinen ersten Schultag Geschenke, die Schultüte und eine angemessene Kleidung zu besorgen. Meine Oma hatte den von meinen Bruder gebrauchten Lederschulranzen dem Heim zugesendet. Aber der war nur mit einer Kreidetafel und den dazugehörigen Griffeln bestückt.

Wir Kinder mussten uns nicht lange in der Schule aufhalten. Bevor jedes Mädchen aus meiner Klasse von ihrer Mutter wieder abgeholt wurde und wir Heimkinder zurück ins Kinderheim gehen durften, wartete im Pausenhof ein Fotograf auf uns, um ein Foto vom ersten Schultag zu machen. Eigentlich wollte ich mich nicht ablichten lassen, deshalb stellte ich mich bei der wartenden Schlange ganz hinten an. Die Lehrerin führte mich dann vor das Objektiv, sie hatte bemerkt, dass ich mich nicht fotografieren lassen wollte. Ihr fiel dann auch auf, dass ich mit leeren Händen dastand weshalb sie aus ihrer Tasche ein Buch hervorkramte. Es war eine Fibel, die sie mir leihweise zwischen meine Hände drückte. Mein Lächeln, das auf einem Foto verewigt wurde, war nicht aufrichtig, aber es verhalf dazu, dass keiner ahnte, wie unglücklich ich war.

Rechnen wurde nicht zu meinem Steckenpferd, obwohl ich Daheim bei Mama Gefallen daran hatte. Es machte mich mächtig stolz, dass ich nach einigen Übungen Plus - Minus verstand. Damals, ich war vier Jahre alt, hatte ich Spaß daran, an Wochentagen zum Bäcker zu laufen und Semmeln und Brezel mit Omas Geld, das sie mir in einem Beutel überreichte, für das Frühstück einzukaufen. Stolz zählte ich dann vor ihr das Wechselgeld und gab es zurück, wobei ich zehn Pfennige behalten durfte. Hier aber, in dieser erzwungenen neuen Heimat, hatte ich alles vergessen, um nicht zu sagen; ich war unfähig, die einfachsten Zahlen zusammen zu zählen.

Alles, was die Lehrerin mir beibringen wollte, fiel durch ein großes Sieb. Selbst wenn ich versuchte, ihr konzentriert zuzuhören, konnte ich mir sicher sein, dass, sobald ich das eiserne Tor vor dem Heim hinter mir schloss, ich von all dem Schulstoff nichts mehr wusste.

Auf dem Rückweg zum Kinderheim konzentrierte ich mich nur darauf, die Hänseleien der älteren Schüler, die den gleichen Schulweg wie ich gingen, von mir abprallen zu lassen.

„Warum wurden Gräben neben der Straße ausgehoben?“, riefen sie, um gleich darauf, selbst die Antwort zu geben: „Damit deine Affenarme beim Laufen auch Platz haben“!

Gehässiges Gelächter folgte darauf. Zur Abwechslung wurde das Lied, zehn kleine Negerlein gesungen und weil ich sie ignorierte, fingen sie an, mir im schnellen Schritt hinterherzulaufen. Neben mir angekommen schubsten sie mich und zischten mich an: „Hau ab und geh zurück, wo du herkommst, du Negerin“!

Ich wäre gerne dorthin zurückgegangen, wo ich herkam. Die aber wollten mich auch nicht bei sich haben. Meine Familie.

Jeden Tag war mir nun das Eisentor meines neuen Zuhauses eine willkommene Rettung, nachdem es hinter mir verschlossen wurde. Ich war heilfroh, wenn ich hinter diesem Torgitter des Heims Schutz nehmen konnte.

Nach ein paar Wochen kehrte Ruhe ein. Die Kinder hatten sich an meinen Anblick gewöhnt. Ich musste nicht mehr davonlaufen. Jetzt war ich geduldet. Gelegentlich versuchte noch ein vorwitziges Kind, mich zu beleidigen, aber da griffen mittlerweile mitfühlende Erwachsene ein, wenn sie in der Nähe waren und die Schmähhrufe hörten.

Zur Abwechslung begegnete ich auf dem Weg zum Kinderheim, einer Nachbarin des Heims. Sie besaß einen großen Hund. Ich mochte die Frau und ihren Vierbeiner. So blieb ich manchmal gut eine halbe Stunde lang bei ihr, wenn sie bei sich zu Hause war und spielte mit ihrem Königspudel hinter dem Haus in ihrem

Garten, bevor ich weiter zum Heim marschierte. Die Zeit mit dem Hund versüßte mir den Tag und brachte mich auf andere Gedanken, während ich mit meinen Händen liebevoll sein braunes lockiges Fell, das meinem Haar sehr ähnelte, streichelte. Etwa ein halbes Jahr besuchte ich die Nachbarin und ihren Hund, bevor das Eingangstor vom Heim hinter mir ins Schloss fiel. Bis mich einmal eine Nonne beim Betreten jenes Grundstückes überraschte. Sie war vom Einkaufen zurückgekommen. Seit dieser Zeit verfolgten traurige Gedanken an diesen Pudel mit dem Namen Bruno, denn mir war verboten worden, diese Frau und ihren Hund jemals wieder zu besuchen.

Im Kinderheim zählte keiner von den Kindern zu meinen Freunden, bis zu dem Tag, als mich meine Mutter besucht hatte. An diesem Tag kämpfte mein verletztes Ego mit dem Gefühl der Freude. Sie brachte neben einer Puppe die in einen großen Puppenwagen saß, einen herrlichen großen roten Apfel mit. Man möchte es nicht glauben, doch ich freute mich mehr über den Apfel, als über die anderen Geschenke. Denn mit Puppen spielte ich nicht. Den Apfel, neidete mir aber ein Mädchen, das sich bei meiner Mutter als meine Freundin vorstellte. Ungefragt hatte sie sich zu meinem Besuch dazugesellt. Und weil Mami so herzensgut war, nahm sie mir meinen Apfel aus meiner Hand und schenkte ihn dem Mädchen. Verdutzt stand ich nun da und ich dachte, es war blöd von mir, dass ich nicht, sogleich in den Apfel gebissen habe - meinen schönen großen Apfel besaß nun diese blöde Kuh.

Ich grollte dem Mädchen, nicht aber dem Puppenwagen, den ich am darauffolgenden Tag nur dazu benutzte, dass ich mich darin sitzend, von anderen Kindern im schnellen Laufschritt um das Haus fahren ließ – bis er in Einzelteilen zerfiel.

Freunde hatte ich lange Zeit nicht. Doch eines Tages hatte in meiner Schulklasse inzwischen ein Mädchen neben mir Platz genommen.

Tatsächlich freundeten wir uns an und zufällig hieß sie mit ihrem Vornamen genauso wie ich. Leider währte diese Freundschaft nicht lange, das Schicksal hatte andere Pläne für mich.

Das Leben und seine Schattenseiten 2020

Goldzahnschreck, nix wie weg

Inzwischen war ich acht Jahre alt. Je älter ich wurde, desto häufiger wurden mir in diesem Heim Strafen auferlegt.

Es war im Sommer im Jahr 1966, als ich an einem Samstagnachmittag wieder einmal ein Heft aufschlug und darin unzählige Male den gleichen Text schreiben musste.

Die Sonnenstrahlen erwärmten durch das geöffnete Fenster meinen Rücken. Ich saß allein im Esszimmer und war gerade dabei eine Strafarbeit, die ich häufig wegen Gehorsamsverweigerung machen musste, zu beenden. Ich hörte, das Geräusch der Türklinke und horchte auf.

Zu meiner Überraschung trat die Heimleitung mit zwei mir unbekannten Menschen in den Raum. Es war eine schwergewichtige Frau, die sich in das Esszimmer schob. Sie hatte ihr grau meliertes Haar zu einem Knoten am

Hinterkopf festgesteckt und führte ein ebenso gut gepolstertes blondes Mädchen mit sich mit.

Die erste Frage, die ich mir stellte, war: Kommen die meinetwegen? - Ich kenne die nicht. Beide sahen zu mir hin.

(Mittlerweile sprach und dachte ich nur noch in Schriftdeutsch. Meine bayrische Muttersprache hatte ich vergessen.)

Ich tat so, als nähme ich sie nicht wahr und widmete mich weiter meiner Strafarbeit. Doch ich spürte, dass sie auf mich zusteuerten.

Ich gebe zu, dass ich keine Ausnahme bin und war, Menschen nach deren Äußeren zu beurteilen. Aber ich sprach und spreche keine Beleidigungen nach dem Erscheinungsbild aus. Treu dem Motto: Die Gedanken sind frei.

Das Parkett knarrte, als schwere Schritte sich zu mir hinbewegten. Sie waren schon ganz nah. Ein lauter Atem drang in meine Ohren. Ich wich auf meinem Stuhl links zur Seite aus, als ein wuchtiger Körper rechts neben mir abrupt stehen blieb. Eindringlich sah ich jetzt der Frau mitten ins Gesicht - schon fast warnend, denn ich wollte nicht, dass sie mich störte und mir zu Leibe rückte. Sie aber ließ sich von meinem Blick nicht einschüchtern und versuchte von mir ein freundliches Gesicht abzugewinnen. Mit ihrem breiten Lächeln legten ihre messerscharfen Lippen einen goldenen Schneidezahn frei. Igitt, der stieß mich eher ab, als dass ich für diese Frau Sympathie empfand. Bisher kannte ich nur weiße Zähne und die Prothesen meiner Großeltern.

In dieser Strafarbeitsstunde war der Versuch, mich für sich zu gewinnen, das denkbar schlechteste, weil ich mich in einem Schlechte-Laune-Modus befand und gar nicht gut anzusprechen war. Und zum anderen fand ich diese Frau grausig.

Unbeirrt machte diese aber weiter und stellte sich mir vor, worauf ich ihr nur einen müden Blick zuwarf.

„I bin Birgit Schuasta! (Ich bin die Birgit Schuster)“ – ihr voluminöses Kinn erzitterte wenn sie sprach. Wie auch die hängenden Ohrringe, die ihre Ohren langzogen.

Sie legte ihre schweren Hände auf die Schulter des Mädchens und stellte sie mir vor.

„Und des is Gertrud mei Deandl“ (und das ist Gertrud meine Tochter).

Ich schwieg noch immer. Außerdem verstand ich ohnehin kein Wort. Aber wie ich vermutete, war dieses Mädchen ihre Tochter. Die Ähnlichkeit des Körperbaues war nicht zu übersehen. Ich hielt meine Lippen fest verschlossen, erst recht, weil mich die Nonne auffordernd anstarrte. Ich wusste, was sie von mir erwartete. Trotzdem dachte ich nicht daran, den Fremden meinen Namen preiszugeben.

Diese Ordensfrau hatte mich vor einer Stunde zu dieser Strafarbeit verdonnert. Ich war sauer!

Zeile für Zeile sollte ich den gleichen Satz einhundert Mal in Schönschrift wiederholen: „Ich muss gehorsam sein und darf nicht von der Schaukel springen!"

Aber ich liebte es, mich mit der Schaukel hochzuschieben. Und ich mochte es, bevor ich den nächsten Schwung nahm, also die Schaukel nach vorne strebte, abzuspringen. Die Kunst bestand darin, sich zum geeigneten Zeitpunkt von dem Holzsitz zu lösen und weit genug zu springen, bevor der Sitz zurücksauste. Das brauchte Übung und die hatte ich ja reichlich aus früheren Zeiten, als ich noch bei meiner Mutter leben durfte.

Die Jungs bei mir zuhause, entfachten in mir den Ehrgeiz, ihnen in Allem nachzueifern. Ich war ebenso mutig wie sie und war mir der Verletzungsgefahr bewusst, sollte ich beim Springen den geeigneten Zeitpunkt verpassen. Oft haben mich die Buben davor gewarnt. Und weil ich nicht mit einer Platzwunde am Schädel ins Krankenhaus gefahren werden wollte, hielt ich mich, an deren Anleitung.

Aber ein Knabe aus dem Kinderheim, wollte mit mir wetteifern. Nur hatte er keine Übung darin. Pech für ihn, dass das Schaukelbrett seinen Schädel traf. Er hatte eine riesige Platzwunde, die stark blutete. Das Geschrei der Kinder ließ eine Nonne eilig herbei laufen. Der Verletzte wurde ins Krankenhaus gebracht während ich versuchte, mich zu verdrücken. Doch das gelang mir nicht, denn eine andere Schwester hatte sich mir in den Weg gestellt und mich, anschließend der Oberin gemeldet.

Natürlich war ich, wie immer, zur Schuldigen auserkoren.

Nun saß ich hier vor den beleibten Fremden und der Nonne während die Kinder im Garten spielten.
Noch immer wartete die Schwester Oberin darauf, dass ich mich den beiden vorstelle. Ich aber überspannte ihre Geduld. So sprang sie schnell für mich ein. Pharisäisch (heuchlerisch) strich sie mir währenddessen über mein gebändigtes Haar, das zu zwei Zöpfen geflochten war.

– „Scheinheiligs Luada (scheinheiliges Luder), oder Betschwesta (scheinheilige Frau) würde man in Bayern sagen oder denken.

Solange die zwei Fremden neben mir standen, atmete ich nur noch durch meinen Mund, weil ein unangenehmer Geruch in meine Nase gedrungen war.

Zu meiner Erleichterung hatte die Heimleitung die Geruchsauslöser endlich von mir weggeführt, und vor dem Ausgang des Zimmers postiert.

Leise, fast unhörbar unterhielt sie sich darauffolgend mit der Frau. Ich wendete mich wieder meinem Heft wieder zu, denn ich wollte die Strafarbeit schnell hinter mich bringen und wieder in den Garten laufen. Trotzdem hatte ich meine Ohren auf das Mithören eingestellt, was mein Vorhaben die Strafarbeit rasch zu beenden, etwas verzögerte. Zu meinem Entsetzen hörte ich, was ich nicht hören wollte. Es waren Worte die ein tiefes Schamgefühl in mir hervorriefen: ...
"bedenken sie, unser Schützling nässt noch

ein! Überlegen sie es sich noch einmal in aller Ruhe!“

Gefühlt war mein Gesicht tiefrot geworden. Wenn ich hellhäutig gewesen wäre, hätte man eine reife Tomate von meinem Hals pflücken können. So aber spürte ich glücklicherweise nur die in mir aufsteigende Hitze.

Diese Nonne hatte meine Schwäche unter der ich litt, diesen fremden Menschen erzählt. Meine Wut der Ordensschwester gegenüber war ins Unermessliche gewachsen. Ich wünschte der Oberin nun alles, nur nichts Gutes.

Die Zeit war schneller vergangen als ich dachte, endlich machte auch der Besuch auf dem Absatz kehrt. Ich atmete auf, als die Tür geöffnet wurde und alle das Zimmer verlassen hatten.

Den Verrat an mir, vergaß ich nicht. An den darauffolgenden Tagen reizte ich diese Hauben tragende Frau mit dem Übertreten ihrer Verbote besonders, wo und wann ich nur konnte. Dazu gehörte dieses Springspektakel auf einer der fünf Schaukeln.

Ich hatte aber noch eine Leidenschaft. Ich saß gerne auf einer Reckstange und klemmte sie zwischen meine Beine, um dann mit großen Schwüngen meinen Körper vertikal im Kreise zu drehen. Natürlich war auch das mir verboten worden.

Allerdings war ich bedacht und schaukelte, oder saß auf der Reckstange, wenn keines der Kinder bei mir war. Diesmal aber wurde ich beim Springen von der Schaukel erwischt und in das Büro der Oberin zitiert. Ich konnte meinen Augen nicht trauen als ich sie, mit einen Weidestock in ihrer Hand stehen sah. Wartete diese Frau darauf mich damit zu züchtigen?

Die hat sich zu früh gefreut, dachte ich. Die soll mal versuchen, bei mir einen Hieb zu landen. Doch die mit Jesus verheiratete Nonne war ganz schnell und ergriff mein Handgelenk. Ich war wohl zu langsam gewesen. Obwohl sie mich festhielt, blieb ich nicht stehen – ich sah

nicht ein, sich wie ein Opferlamm zur Schlachtbank führen zu lassen. Mit meinen acht Jahren schaffte ich es, die Hauben-Frau dank meiner Wendigkeit und meinem hochgeschossenen Adrenalin dorthin zu bewegen, wo ich sie haben wollte. Jeder Ansatz ihres Versuchs, den Stock auf meinem Po zu landen scheiterte. Denn der traf nicht meinen Allerwertesten, sondern ging ins Leere, also in die Luft. Nach einem vierten Versuch erstarb ihre Absicht mich zu verprügeln, da ihr inzwischen aufgefallen war, dass sie sich mit mir im Kreise drehte und ich mich darüber köstlich amüsierte. Die bildliche Vorstellung, die ich während ihrer Versuche hatte, brachte mich zum heiteren Lachen. Zornesröte überzog ihr Gesicht, als sie das erkannte.
Sie gab aber auf und ersann eine andere Bestrafung für mich.

Mit erhobenem Haupt stieg ich die Treppen hinab, die in den Keller führten und wurde in einen der vielen Räume eingesperrt.

Ich nenne ihn Kartoffelraum, wo ich nun auf einem Hocker, mitten im Raum, sitzen musste. Es roch nach Erde und fauligen Kartoffeln. Ich sah sie nicht. Die Knollen mussten sich in den Holzkisten mit Deckel befinden, die ich, bevor das Licht ausgeschaltet wurde, darin vermutete.

Es war still hier unten, etwas zu still. So fing ich an ein Lied zu trällern. „Wenn die bunten Fahnen wehen, geht die Fahrt wohl übers Meer …“ (Komponist Alfred Zschiesche)

Und weil dies eines meiner Lieblingslieder war, wiederholte ich es unaufhaltsam. Ich liebte die Melodie des Liedes und den Text. Denn sie klang für mich so leicht beschwingt. Das Gesangsstück beruhigte mich. Überhaupt machte mir das Singen Spaß, was mir nicht verboten wurde.
Nach einer gefühlten Stunde öffnete sich die Türe, ein Hinweis, dass ich den Keller verlassen durfte. Ich verließ ihn und musste meine Augen zuerst an die Helligkeit des Lichts im Flur gewöhnen. Diese Strafe hielt

mich aber nicht davon ab die aufgestellten Regeln auch weiterhin zu brechen. - Ich sah es nicht ein, dass ich der Oberin nachgeben sollte. Sie machte mich dafür verantwortlich, wenn andere Kinder das Springen von der Schaukel mir nachahmen wollten. Ich sah die Schuld aber bei ihnen, wenn sie sich nicht an meine Anleitung hielten und deshalb das noch schwingende Brett durch deren Hinterkopf zum Stillstand gezwungen wurde. Allerdings war ich noch vorsichtiger geworden und wartete auf meine Chance von der Schaukel zu hüpfen, bis keines der anderen Kinder schaukelte oder sich in meiner Nähe aufhielt. Vor dem Verrat der anderen Kinder war man nie sicher.

Der Himmel hatte sich schon sein Abendkleid angelegt. Im Garten konnte ich also nicht mehr herumtollen. Trotzdem verdarb es mir nicht meine gute Laune. Denn ich habe der Schwester Oberin getrotzt!

Ein Mohrle fürs Mohrle

Ein weiteres Jahr meines Lebens im Kinderheim war vergangen. Von dem Besuch der fremden Frau mit ihrer Tochter aus dem Vorjahr, hörte ich nichts mehr.

Sie waren kurz vor meinem neunten Geburtstag aus meinem Gedächtnis verschwunden. Dieser Geburtstag fiel wie die anderen zuvor mager aus. Oma hatte meiner Puppe wie jedes Jahr einen Pullover gestrickt. Einen Geburtstagskuchen gab es im Heim wie alle Jahre nicht. Es gab einen grünen Wackelpudding mit Sahne, für alle Kinder - ich mochte ihn nicht. Ich hätte die rote Götterspeise der grünen vorgezogen.

Und weil ich nicht mehr daran glaubte, dass meine Wünsche sich erfüllen würden war mir das Wiegenfest vollkommen egal geworden.

Und jetzt, drei Monate nach meinem neunten Geburtstag, feierte ich im Frühjahr die

Erstkommunion. Wenn auch keiner meiner Verwandten mich am ersten Schultag im Heim besuchte, so überraschte mich jetzt meine Großmutter, indem sie mich zur Eucharistiefeier begleitete. Mit diesem Besuch hatte ich nicht gerechnet. Aber ich freute mich so sehr und es wuchs in mir wieder die Hoffnung – würde sie mich zu sich nach Hause mitnehmen?

Oma hatte sich kaum verändert. Nur ihre Haare waren etwas weißer geworden. Zu meiner Freude, blieb sie den ganzen Tag bei mir und fuhr erst am Abend, ohne mich, wieder nach Hause. Im selben Schuljahr, im Mai erhielt ich das zweite Sakrament: die Firmung. Das war nicht üblich. Denn wir Kinder wurden eigentlich im Alter von fünfzehn Jahren gefirmt. Ich war somit die Jüngste unter all den Firmlingen. Warum die Erwachsenen so entschieden, blieb mir bis heute ein Rätsel. Immerhin folgte ein Besuch der Oma nach dem anderen. So kurz hintereinander, wodurch in mir immer wieder Hoffnung aufflammte. Zweimal ging sie mit mir in den Wienerwald, ein Gasthaus, das mitten im Dorf gegenüber der Kirche stand. Danach endeten ihre Besuche wieder.

Ich war sehr traurig, als sie wegging, doch Mutter überraschte mich Monate später ihrerseits mit einem Besuch. Während der Sommerferien im August ließ sie sich wieder bei mir blicken. Sie durfte mit mir nicht außerhalb des Heimes spazieren gehen, auch nicht in das Gasthaus. Ihr war es nicht erlaubt, Oma aber schon. Nur dreimal hatte mich meine Mutter in den Jahren meines Aufenthalts besucht. Das erste Mal im achten Lebensjahr, das zweite und dritte Mal als ich neun Jahre alt war. Sie besuchte mich aber nicht zu den besonderen Anlässen. Später erfuhr ich, dass Oma mithilfe eines Arztes eine Psychiatrie für einige Jahre zu Mamas festen Wohnsitz gemacht hatte und sie erst wieder bei sich aufnahm, als Opa schon verstorben war.

Die Zeit im Sommer sorgte bei mir zumindest zeitweise eine freudige Stimmung hervor. Wenn es nicht regnete, lief ich manchmal zu dem großen Pilzgestell, das seit kurzem im Garten fest verankert worden war.

Es stand vor dem Hang, der zu den Häusern des Kinderheimes hinaufführte. Dieses Gebilde sah aus wie ein riesengroßer Fliegenpilz. Sein roter Hut, mit den vielen weißen Punkten darauf, drehte sich, sobald er in Bewegung gebracht wurde. Manchmal reichten schon unsere ausgestreckten Zehenspitzen aus, die auf dem Erdboden vorwärts wippten, um das Pilz-Dach in Gang zu bringen

Aber am schönsten und am schnellsten bewegte er sich mit uns Kindern, wenn wir uns mit beiden Händen an der Tragestange festhielten und dann ältere Jugendliche den Pilzhut in schnellem Tempo anschubsten.

Ich gluckste dann vor Freude, für mich konnte er sich nicht schnell genug drehen. Nach einer Weile, eins, zwei, drei … ließ ich das

Gestänge los und landete sicher auf dem Boden ohne mir meine Füße zu verstauchen. Daraufhin ließ ich mich ins weiche Gras fallen und war von dem Schwindelgefühl begeistert, bei dem sich um mich herum alles zu drehen schien. In diesen Momenten erlebte ich eine andere Welt, die nur mir alleine gehörte. Sobald sich alles wieder in meinen Kopf normalisierte, erhob ich mich und fing von vorne wieder an. Drei Mal durfte ich dieses Spiel wiederholen. Dann wurde dem Spiel durch eine Schwester ein Ende gesetzt. Ich denke, es war diesmal eine reine Vorsichtsmaßnahme.

An einem sonnigen Sonntag jedoch, durfte ich überhaupt nicht im Garten spielen. An diesem Tag hielt man wieder eine Überraschung für mich bereit. Altbekannte Fragen tauchten bei mir auf, die ich nicht vergessen hatte: „Warum darf ich nicht im Garten sein? Warum lässt man mich nicht aus dem Haus?“

Es verhieß nichts Gutes, als wieder der wohlbeleibte Besuch aus dem Vorjahr im

Esszimmer erneut vor mir stand. Wieder einmal war ich von den Erziehern nicht vorgewarnt worden. Übelkeit stieg in mir auf, als ich den mir unsympathischen Menschen wieder gegenüber stand und ihnen auch noch folgen musste.

Hinter mir ging Schwester Oberin, wohl zur Sicherheit, dass ich nicht weglaufen konnte. Tatsächlich wäre ich am liebsten davongelaufen, aber meine Angst vor dem Ungewissen machte mich feige und außerdem stand mir die Schwester im Weg.

Ich wusste nicht, wohin die Reise geht. Ich weinte, aber nur das Herz in meiner Brust weinte. So konnte niemand meine Verletzlichkeit sehen. Inzwischen hatten sich meine Tränenkanäle verschlossen.

Die Nonne meiner Mädchengruppe hob meinen kleinen vollgepackten Koffer, der mir gehörte, aus dem Schwesternzimmer und steuerte mit mir und den beiden Fremden den Ausgang des Heims zu. Eigentlich hätte ich vor Glück aufschreien sollen, denn an diesem

Tag blieb ausnahmsweise sogar mein Bett trocken. Sollte dies ein gutes Omen sein?

Der Tag fing also gut für mich an. Meine Stimmung erstarb jedoch sofort, als ich diese Leute in das Esszimmer eintreten sah. Darin wurde gegessen, gefeiert, Besucher empfangen und fremden Leuten Kinder übergeben.

Wie ein Jahr zuvor Lissi, die mir an diesem Morgen einfiel, und die das Esszimmer des Heims ebenso wie ich jetzt mit ihren künftigen Pflegeeltern verließ.

Lissi war ein Jahr älter und wurde ein Jahr später nach mir in dieses Heim gebracht. Der Clou war, dass sie ebenso wie ich eine „Person of Color" war und in derselben Stadt geboren wurde wie ich. Wir waren uns dort nie begegnet, doch ich erfuhr von meiner Mutter, dass sie Lissis Mutter des Öfteren getroffen hatte.

Wir hatten Gemeinsamkeiten und während unseres gemeinsamen Aufenthaltes im Heim sangen wir beide gerne, während die

Erwachsenen uns interessiert zuhörten. Sie empfanden uns als drollig, wenn wir herausgeputzt in gleicher Kleidung vor ihnen standen und ihnen zweistimmig vorsangen.

Manchmal hörten wir Sätze von Besucher unserer Konzerte sagen: „Deren Können sei kein Wunder, denn die Neger haben es einfach im Blut!“

Oder: „Das sind aber nette Negermädchen hier!“

"Hübsch sind die zwei.“

"Und schöne Zähne haben die".

„Alle Neger haben so wunderschöne weiße, kräftige Zähne“, wurde einmal von einer anderen Person eingeworfen.

„Schau die Augen! Rabenschwarz sind die!“

„Schau die Größere“, damit war ich gemeint, „aus deren Augen schaut der Teufel, so schwarz wie die sind. Aber singen können die beiden.“

Eigentlich war ich eifersüchtig auf Lissi. Sie war im Heim beliebt, während ich keine Freunde hatte. Und sie trug unverschämt lange, lockige, schwarze Haare. Um das Privileg, sie bürsten zu dürfen, stritten sich die Mädchen aus ihrer Gruppe. Aber ich konnte auch Positives an mir entdecken.

Ich war großgewachsen und schlank, während bei Lissi vermutet wurde, dass ihre kleinere Körpergröße sich in die Breite entwickeln würde, anstatt in die Höhe. Auf mein Äußeres war wiederum Lissi eifersüchtig.

Obwohl wir oft im Wettbewerb standen, wünschten wir beide tief in unserem Inneren, dass wir schnellstmöglich diesen Ort und das Heim auf ein Nimmerwiedersehen verlassen könnten.

Unser Wunsch ging in Erfüllung, wenn dieser auch nicht ganz unserer Vorstellung entsprach. Wie mag es Lissi wohl ergangen sein und ergehen?

Die Wonneproppen-Familie stopfte mich und meine Habseligkeiten in ihr kleines Auto. Namenlos, so nannte ich meine Puppe, hätte ich gerne im Heim zurückgelassen. Aber niemand wollte sie mit einem eingedrückten Auge haben. In mir regte sich Mitleid für Namenlos. So entschied ich, mich nicht von ihr zu trennen. Mir war klar geworden, dass Namenlos so wie ich nicht gemocht wurde. Ab diesem Tag wurde sie meine Verbündete, die einzige stumme Zeugin, die mich weitere Jahre begleiten durfte und der ich manchmal mein Leid klagte. Ich zerlegte sie auch nicht mehr in ihre Einzelteile.

Geräumig war der NSU-Prinz nicht. Er gehörte dem Mann, dessen Kopf mit einer Schirmmütze aus englischem Tweed bedeckt war. Genüsslich hatte er an seiner Zigarette gezogen, bevor er sie vor dem Auto auf den Kiesboden warf und sie austrat, als er uns herankommen sah. Er begrüßte mich, ich aber gab ihm keine Antwort. Ich betrachtete nur misstrauisch sein wettergegerbtes Gesicht und seinen geöffneten Mund, indem ein oberer

Schneidezahn, wie auch die Zähne an der Seite, fehlten.

„Setz di rechts nebnd Gertrud (Setze dich rechts neben Gertrud hin). Wart! (Warte!) I druck moi d‘ Lehn vor (Ich drücke die Lehne nach vorne). Und jetzt kost eisteign“ (und jetzt kannst du einsteigen) forderte mich Frau Schuster auf, nachdem Gertrud auf dem Rücksitz Platz genommen hatte. Komischerweise begriff ich, was sie von mir wollte, obwohl ich ihre Gurgellaute nicht verstand. Ich stieg in das Vehikel ein. Ein bestialischer Gestank durchdrang jetzt meine Nase. Er erinnerte mich an die erste Begegnung mit dieser Frau und ihrem Kind ein Jahr zuvor. Nur war der Geruch von damals etwas dezenter. Ich blickte dorthin wohin mich mein Riechorgan führte. Es war ein verdreckter, mit zerknitterten Zigarettenstummel, überfüllter Aschenbecher, der den unangenehmen kalten Duft verströmte.

Frau Schuster tauschte noch ein paar Worte mit der Heimleitung aus, bevor sie sich ins Auto hievte.

„... jetzt steigt die Frau ein, – zwängt sich hinein. – Oh, oooh, ... der Wagen senkt sich auf die rechte Seite“, meldete sich belustigt mein Verstand, obwohl ich ängstlich war und eigentlich gar nicht witzig sein wollte. Der untersetzte Mann mit der Schirmmütze sorgte für den Ausgleich des sich in der Schieflage befindendem Autos, indem er sich auf den Fahrersitz bequemte. Somit waren wir wieder horizontal. Er drehte sich zu mir um und zeigte lächelnd und unverhohlen seine restlichen drei Vorderzähne, an denen die Zahnfäule nagte.

Willi hieß der Schirmmützenmann, aus dessen Nasenlöchern Haarbüschel wuchsen. „Kann der noch atmen?“, fragte ich mich?

Willi fuhr los und bog in eine Allee ein, über die wir die Mitte des Dorfes erreichten.

Auf der ganzen Fahrt unterhielten sich beide Erwachsene, während wir Kinder ordentlich mit Zigarettenqualm eingenebelt wurden. Dem Mädchen schien dies nichts auszumachen. Na ja, erfrischend roch die auch nicht. Leider durfte das Autofenster nicht heruntergekurbelt werden.

Der Satz „Host scho amoi Berg gseng“ riss mich aus meinen Gedanken heraus. Und ich konnte die Verbesserung ihrer Frage in Hochdeutsch mitbekommen. „Hast du schon einmal Berge gesehen?“. Mit einem Kopfschütteln verneinte ich. Tatsächlich hatte ich noch nie Berge so nah vor meinen Augen gesehen. Vom Hügel des Heimes konnte man sie bei Fön von weitem erblicken. Jetzt aber fühlte ich ängstliche Beklommenheit, als wir an ihnen vorbeifuhren. Ich hatte Sorge, dass diese Riesen auf uns fallen und unter sich begraben könnten. Die Unsicherheit ängstigte mich noch mehr und das verspürte Frau Schuster.

Mit der Bemerkung „ de Berg san ganz fest und tief im Bodn verankert. Do passiert nix. Koana ko umfoin! (die Berge sind im Boden fest verankert. Da passiert nichts. Keiner kann umfallen), wollte sie mich besänftigen.

Wieder verstand ich nur Bahnhof, aber sie schien mich immerhin beruhigen zu wollen.

Als ich meine zugekniffenen Augen wieder geöffnet hatte, sah am Fuße der Berge die Flora verändert aus. Getreide - und Maisäcker waren verschwunden und von saftigen grünen Wiesen abgelöst worden. Auf ihnen grasten jetzt Kühe hinter einem elektrischen Zaun. Stacheldrahtzäune sah ich auch. Sie hinderten ebenfalls die Tiere am Weglaufen. Und auf manchen Wiesen war das Gras zum Trocknen auf einem für mich unsichtbaren Gestell aufgebracht worden. Weit und breit sah ich keinen See. Aber diesmal fuhren wir einen Fluss entlang. Die Häuser in den nachfolgenden Gemeinden waren ab dem Obergeschoss in Blockbauweise gebaut. Hängegeranien verzierten die Balkone in solch einer bunten Pracht, dass ich mich daran gar nicht sattsehen konnte. Weitere farbenprächtige Dörfer zogen an uns vorbei.

Ich war fasziniert von der Schönheit dieser Umgebung.

Die rege Unterhaltung von Frau Schuster mit Willi ließ mich noch einmal realisieren, dass ich ein neues Familienmitglied dieser Menschen werden sollte. Meine aufkommende Freude, die ich bei der Schönheit des Alpenlandes verspürte, hatte sich bei dem Gedanken, an diese mir noch unbekannte Ära wieder weitgehend verflüchtigt. Meine Unwissenheit machte mich sehr unsicher. Ich wagte nicht weiterzudenken – mich befiel erneut pure Angst!

Frau Schuster deutete auf das Ortseingangsschild, das vor uns zu sehen war. Das Ziel läge nun, wie sie mir mitteilte, nicht mehr weit entfernt.

Die Ortschaft, in der sie wohnten, war größer als die Dörfer, durch die wir gefahren waren. Es lag eingebettet zwischen Hügeln und hohen

Bergen, auf deren Bergspitze ein Kreuz zu sehen war.

Mitten im Ort dominierte eine Kirche mit ihrem Zwiebelturm. Eingerahmt vom Gottesacker (Friedhof) beherrschte sie mit dem das Gasthaus, das gegenüber lag, die Dorfmitte. Eine Gastwirtschaft durfte in keinem Ort fehlen.

Das Wirtshaus stand wie andere in vielen bayrischen Dörfern, gegenüber der Kirche. Dort trafen sich Männer, die nach dem Kirchgang, ohne Frauen, wichtige Regelungen für die Gemeinde besprechen mussten, stets begleitet von erhöhtem Bierkonsum… (Damit vom vielem Reden der Hals nicht trocken wird, muss die Kehle mit genügend Bier befeuchtet werden.)

Auf der Dorfstraße folgten beidseitig Geschäfte, die in Schaufenstern ihre Waren anpriesen.
Der qualmende Mann hatte sich inzwischen schon die fünfte Zigarette angezündet. Meine Augen brannten, während Willi auf einen Weg

einbog. Mit einer Limonade, die mir Frau Schuster reichte, beruhigte ich meinen aufkommenden Hustenanfall. Ich konnte es kaum erwarten, dem Rauchvehikel zu entkommen. Der Weg, auf dem jetzt das Auto jetzt fuhr, war breit und mit Kies aufgefüllt. Er schien vor einem kleinen Waldstück zu enden. In Kürze würde ich wieder frische Luft einatmen, denn Gertrud Schuster sagte: „Jetzt sam ma dahoam“! Ich ahnte, was ihr Kommentar bedeutete, und so nahm ich an, dass dahoam, zu Hause, also daheim heißen soll. Dann sah ich ein braun lasiertes, eingeschossiges Holzhaus. Es lugte durch das hochgewachsene Gras der zwei Wiesen hervor, die rechts und links den Weg säumten. Vor dem Haus machte Willi Halt. Eine Gruppe von Nadelbäumen zeigte an, dass der Weg hier zu Ende war. Nur noch ein Fußweg führte in den Hain.

Ein weiteres Haus war jetzt zu sehen. Dieses stand zwischen den vielen Fichten und den Tannen und war von der Straße her nicht zu erkennen. Es war mit Ziegelsteinen erbaut worden und ab dem ersten Stockwerk hatte jemand ockergelb bemalte Schindeln an der Fassade angebracht. Das einstöckige Wohnhaus überragte durch seine Größe das Holzhaus und war mit Dachziegeln gedeckt, die Holzhütte dagegen war lediglich durch geteerte Dachpappe vor Regen und Schnee geschützt. Das Haus der Schusterfamilie ähnelte einer Almhütte. Es besaß zum Hof hin vier Fenster mit grünen Fensterläden, unter denen hölzerne Blumenkästen hingen. Weiße und rote Geranien zierten die Hausfassade auf ganzer Breite. Mir gefiel dieses kleine Haus, das einem Hexenhaus ähnelte. Es vermittelte Heimeligkeit.

In dem großen Wohnhaus mit Bauerngarten wohnte also Willi und in dem kleinen die Familie Schuster, beides dicht beieinander.

Ein schlaksiger, hochgewachsener älterer Mann kam um die Ecke des kleinen Holzhauses und steuerte auf uns zu.

Fortwährend bellte irgendwo ein Hund, während der Mann die Beifahrertür von Willis

Auto öffnete. Er ließ die Frau mit dem rasselnden Atem aussteigen. Das sah urkomisch aus. Ich wartete geduldig, bis Frau Schuster sich aus dem Wagen geschält hatte. Dabei hielt sie sich an der Tür und an der Karosserie fest, während ihre Füße den Boden suchten. Keuchend und langsam zog sie dann ihre Masse aus dem Wagen.

Immerhin belustigte mich diese komische Szene und entschädigte mich für meinen unfreiwilligen Aufenthalt in dieser verrauchten Karre. Ich stieg als Letzte aus und war heilfroh, endlich wieder frische Luft einatmen zu können. Nun befand ich mich in einer ländlichen Idylle mit Hundegebell und Vogelgezwitscher erfüllter Geräuschkulisse.

„Griaß de!“ (Grüß dich), begrüßte mich die männliche Stimme des älteren Mannes und unterbrach meine Ausschau nach einem Raben. Nicht weit entfernt hatte ich ein Krächzen wahrgenommen.

„I bin der Hermann! Hermann Schuster!", sprach die Stimme weiter.

Schließlich drehte ich mich zu ihm hin und musterte den Besitzer der sonoren Stimme, die angenehm war.

Sein Glatzkopf erinnerte mich an meinem Großvater, Augen - und Wangenfurchen beherrschten sein hageres Gesicht. Es war von der Sonne braun gebrannt. Unter den faltigen Oberlidern blinzelten leicht gerötete, blaue Augen hervor. Der Mann strahlte mich an. Unser gegenseitiges Taxieren wurde von einer weiteren Stimme unterbrochen, dessen Besitzer noch nicht zu sehen war.

„Woifi hoits Mei! Aus!“ (Wolfi, halt dein Maul!), erscholl es aus dem Vorbau des Holzhauses. Ein junger Mann trat nun hervor. Jetzt wusste ich, dass der Name Wolfi dem bellenden Hund zuzuordnen war. Bei der Gelegenheit lernte ich auch den ersten Fluch kennen.

„Woifi, kruzitürken, hoat dei Schnauzn!“ (halt deine Schnauze), schrie der junge Mann in Richtung von Willis Haus. Ein weiterer Jugendlicher, der noch jünger war, gesellte sich hinzu und beendete das Bellen mit seinem Befehlston: „Aus! Kreiz Deifi, hoits Mei!“

Jetzt bellte der Hund tatsächlich nicht mehr. Immerhin einen kurzen Moment lang. Kurz darauf fing er wieder zu kläffen an, so lange, bis Willi endlich sein Haus betrat. Das Bellen hörte abrupt auf und wurde von freudigem Gewinsel abgelöst.

Herr Schuster war um einen Kopf größer als Willi und von schlanker Statur. Wie seine Söhne roch er nach Moos und Baumharz. Er und Willi würdigten sich keines Blickes und die Söhne ignorierten ihren Nachbarn ebenso.

Wer war dieser Willi?

Willi war mit der Familie Schuster nicht verwandt. Im Jahre 1956 floh er aus Ostdeutschland in den Westen und nistete sich in das Haus von Birgit Schusters Mutter ein. Das Verhältnis von Birgit Schuster zu ihrer Mutter, die den Nachnamen Berger trug, war sehr getrübt und so entschied Frau Berger, bevor sie starb, ihr Haus an Willi zu verkaufen. Der wiederum sorgte dafür, dass meine Pflegemutter kurz vor seinem Tod diese Unterkunft ihr Eigen nennen konnte.

Willi war verheiratet. Bei seiner Flucht aus der DDR hatte er seine Ehefrau zurückgelassen, weil sie, wie er behauptete, ihre Heimat nicht verlassen wollte. Die Hoffnung, seine Angetraute wieder in die Arme schließen zu können, gab er auf, als sie ihr Rentenalter erreicht hatte und noch immer nicht bereit war, in den Westen zu wechseln. Willi verdingte sich als Geigenbauer, von denen es in jener bayrischen Gegend wenige gab. Seine vielen Aufträge bescherten ihm ein kleines Vermögen, das er zum Teil mit einer satten Anzahlung in sein neu erworbenes Haus investierte. Seine Frau geriet in Vergessenheit und seinen Durst nach körperlicher Zweisamkeit stillte er mit Frau Birgit Schusters enormer Streichelfläche.

Ignaz und Rupert, die Schusterburschen, sollten also jetzt meine Brüder sein? So stellte es sich jedenfalls Frau Schuster vor. Ich aber war sehr abgeneigt, da es für mich nur einen gab. Nämlich Leopold! Der Platz in meinem Herzen war von ihm schon belegt worden, auch wenn ich in all den Jahren von ihm nichts mehr gehört und gesehen habe. Ganz verschwommen näherte sich mir jetzt Poldi in meinem Geist, aber das Bild verblasste. Wie mag er denn wohl jetzt aussehen?

Es machte mich verlegen, untätig vor den beiden jungen Männern zu stehen und ihnen, so glaube ich, erging es ebenso. Ich atmete auf und war erleichtert, als Frau Schuster mich von ihren Söhnen weg zu sich rief und mich freundlich aufforderte, mit ihr in ihr Haus zu gehen. Die Kinder und ihr Mann schlossen sich uns an und im Gänsemarsch betraten wir den Windfang des Holzhauses. Dort war es zum Bersten voll. Jacken und Mäntel nahmen eine ganze Breitseite des Vorbaus ein. Uns blieb nichts anderes übrig, als diesen kleinen Anbau hintereinander zu betreten. Es roch etwas muffig, vermischt mit Harz. Durch eine weitere Tür betraten wir das Wohnhaus. Hinter diesem Zugang verbarg sich eine schmale Wohnküche. Sie nahm fast die ganze Breite des Hauses ein.

Wir standen vor einem geschnitzten Wohnküchenmobiliar, das mit Intarsien verziert war. Über der Eckbank hing mit Alpenrosen und Palmwedeln geschmückt, ein Holzkreuz, das zuverlässig in jedem Haus der Bergdörfer zu finden ist. Auf ihm war Jesus festgenagelt und sein Körper wand sich in großer Pein. Es hatte den Anschein, dass die Schusters gläubige Christen waren. In den Jahren, in denen ich dort lebte, besuchten sie aber nie die Kirche oder eine Prozession. Und ich hörte sie niemals beten, sondern nur ihr klangvolles Fluchen, das verriet, dass sie sich in diesem Moment auf den Herrgott beriefen. Mir war es recht, denn die vorgegebenen Gebete und die harten Bänke, worauf man, während des Gottesdienstes, sich oft hinknien musste, waren ohnehin nicht nach meinem Geschmack.

Neben dem Eingang der Wohnküche hing ein emailliertes Waschbecken. Einen Meter darüber war waagerecht ein langes Brett an der Wand befestigt. Darauf standen fünf Zahnputzbecher mit darin stehenden Zahnbürsten und Zahnpasta. Haarbürsten und Haarkämme, die noch nicht von den Haaren befreit waren, steckten in einem großen Gurkenglas, das ganz nah bei den Bechern stand. Die Handtücher hingen neben dem Waschbecken an einem Haken. Sie hatten braune Flecken, was darauf schließen ließ, dass sie schon länger benutzt worden waren. Weiter gingen wir an einem alten Küchenofen vorbei, welcher noch von Hand befeuert werden musste. Er stand gegenüber einem der Fenster, die ich vom Hof aus gesehen hatte. Neben dem Herd öffnete die Pflegemutter eine weitere Tür. Jetzt betraten wir ein Zimmer, in dem zwei weiß bemalte Metallbetten links und rechts an der mit Blumenmuster tapezierten Wand standen. Gertrud deutete auf das rechte Bett und erklärte: „Des is jetzt dei Bett!“ (das ist jetzt dein Bett!)
Ich verstand ihren Dialekt noch nicht, aber ich

konnte ihr Handzeichen deuten. Dies sollte also meine Schlafstätte sein und ich sollte das Zimmer mit ihr teilen. Gertrud stellte darin meinen Koffer ab, um dessen Inhalt sie sich nach der Beendung der Hausführung kümmern wollte.

Etwas versteckt hinter einem vollbeladenen Kleiderständer, lugte noch eine Tür hervor. Hinter dieser lag ein weiteres Zimmer. Frau Schuster öffnete die Tür und ging mit mir hinein. Im Verhältnis zu den üblichen Ehebetten beherrschte ein Bett in Übergröße diesen Raum. Ich starrte darauf und war davon überzeugt, dass dies das Schlafzimmer des Ehepaares Schuster war. Die rechte Matratze des Ehebettes hatte eine Vertiefung, die jeden Abend sicherlich von Frau Schusters Gesäß ausgefüllt wurde. Mir fiel diese Kuhle sogleich auf, weil beide Bettdecken zum Lüften zurückgeschlagen waren. Mit dem Verbot, das Zimmer jemals ohne Erlaubnis zu betreten, verließen wir es und standen wieder in Gertruds Schlafzimmer, das also auch meines sein sollte. Die zwei Fenster des Raumes zierten mit Blumenmuster verzierte Vorhänge. Wenn man sie beiseiteschob, verschafften sie einen Einblick in den großen Garten, der sich hinter dem Haus erstreckt.

Mit „eigentli schlof i bei Muddl, damit meinte sie ihre Mutter Birgit Schuster.

Heit aba mog i bei dia schlofn“, unterbrach Gertrud, meine Aufmerksamkeit, der dem großen Zaun im Garten galt.

Ich ignorierte ihre Worte, verstehen konnte ich sie ohnehin nicht. Aber mein Blick muss Bände gesprochen haben, denn nun bemühte sie sich, ihre Gefälligkeit mir verständlicher zu machen: „Eigentlich schlafe ich bei Mama. Heute aber mag ich bei dir schlafen“!

Sogleich tauchte in mir die Frage auf: „Wo verbrachte denn Herr Schuster die Nacht, wenn die Tochter bei ihrer Mutter schlief?“ Denn alle drei zusammen in diesem großen Ehebett konnte ich mir nicht vorstellen.

Wieder in der Küche angekommen, sah ich die Brüder gerade am Esstisch vorbeischleichen. Sie verschwanden hinter einer weiß bemalten Wand, die sie zuvor aus der Holzwand von der Küche gezogen hatten und jetzt hinter sich zuschoben. So eine bewegliche Wand habe ich noch nie gesehen. Schiebetür nannten die Schusters diese bewegbare Holzfläche.

Frau Schuster, Gertrud und ich steuerten auf diese Tür zu. Birgit Schuster schob sie zurück in die Wand und ein größeres Zimmer kam zum Vorschein. Zwischen zwei der drei Gitterbetten stand eine Radiophonokombination aus den Fünfzigerjahren. Der Schneewittchensarg, so wurde das Phonogerät genannt, sorgte für Abwechslung in diesem Haus. Ignaz zog eine Schallplatte aus einem dazugehörigen Cover hervor und legte sie auf den Plattenteller. Musik erschallte und eine freudige Stimmung erfüllte den Raum.
"Der Fuchs schleicht zum Kaninchen, und ich schleich zum Katrinchen ...", hörte man durch den Lautsprecher, fröhlich die Oberkrainer

singen, worauf Herr Schuster mit seiner Baritonstimme klangvoll einstimmte.

Gertrud verriet mir, dass eines von den drei Betten, die Schlafstatt ihres Vaters sei. Er schlief also doch nicht neben der großen Kuhle. Über seiner Schlafstätte befand sich ein geöffnetes Fenster. Ich roch eine Brise Waldgeruch, die durch die Öffnung ins Zimmer trat. Die anderen Betten gehörten den Brüdern, die in ihrem Zimmer geblieben waren, als wir es schon wieder verlassen hatten.

Das Ehepaar unterhielt einen kleinen Bauernhof zur Selbstversorgung. Schweine, Hühner und Enten liefen hinter dem Haus auf einem großen eingezäunten Grundstück herum. Auf diesem standen viele Bäume, die den Tieren Schatten spendeten. Eine Unterkunft für Zweihufer und ein Hühnerstall standen ebenso auf diesem Areal. Außerhalb dieses Paradieses waren Gartenhütten aus Holz gebaut. Eine der Hütten gehörte Ignaz. In seiner Tischlerwerkstatt standen zwei

Hobelbänke und die Hobel hingen ordentlich in verschiedenen Größen an einer Wand wie auch weitere Tischler-Werkzeuge, die Ignaz mir ausführlich beschrieb. Er war sichtlich stolz darauf, eine eigene Werkstatt zu besitzen, in der er fleißig übte und Möbel entwarf. Siebzehn Jahre war er alt und stand kurz vor seiner Gesellenprüfung. Rupert, Ignaz Bruder, verdiente sich sein Gehalt als KFZ-Lehrling im zweiten Lehrjahr. Deshalb standen vereinzelte, zum Teil ausgeschlachtete VW-Käfer auf dem Grundstück herum. Er besaß auch große kräftige Hände, mit schwarzen gefärbten Fingernägeln.

Herrmann Schuster war Tagelöhner und nach der Arbeit kümmerte er sich um den Hof. Seine Frau nahm Geld als Pflegemutter ein. Das konnte sie gut bei der Bank anlegen, denn die Kleidung für mich, die das Jugendamt vergütete, kostete ihr nichts. Außerdem trug ich zukünftig die ausrangierte Kleidung ihrer Tochter, die sie an mich anpasste. Gertruds abgelegte Schuhe trug ich ebenso. Ich musste sie mit Zeitungspapier an der Schuhspitze ausstopfen, damit sie halbwegs passten. So konnte sie sich in den Jahren, die ich dort verbrachte, genügend Geld zusammensparen.

Wir gingen zu einer weiteren Hütte. Diese diente als Alternative zu einem Keller oder war es ein Speicher? Das Wohnhaus besaß nämlich beides nicht. Nachdem wir das kleine Haus und die Hütten im Garten inspiziert hatten, hörte ich Kettengerassel.

Mein Blick schweifte in die Richtung, woher das metallene Klirren kam. „Des is Woifi!" beantwortete Gertrud meinen an sie gerichteten fragenden Blick. Wolfi war also ein Kettenhund. Das Wort war mir neu. Noch nie zuvor sah ich einen Hund an einer Kette. Das fand ich fürchterlich. Vorher hatte Willi den Hund, während wir die Hütten abklapperten, an die Kette gelegt. Dieser Vierbeiner zeigte seinen Unmut, als er mich, den Eindringling, wahrnahm. Wir waren zum Haus zurückgegangen und ich musste in sicherer Entfernung an ihm vorbeigehen. Aufgeregt sprang er hin und her und bellte mich furchteinflößend an. Ich wich schnell zurück, als er versuchte, mich anzuspringen. Doch die eiserne Kette gab ihm zum Glück nicht genug Raum dafür. Mir machte der Hund Angst. Er war ganz anders als Prinzi aus meinen Kleinkindertagen und dem Pudel neben dem Kinderheim wie auch dem Schäferhund, der im Heim vom Hausmeister gehalten wurde. Wolfi unterschied sich im Äußeren kaum von Prinzi und dem Hund vom Hausmeister, bis auf die große Abneigung mir gegenüber. Ich verstand aber seine Rage, war ihm doch seine Bewegungsfreiheit genommen worden. Niemals hätte ich geglaubt, dass ich ihn jemals streicheln könnte. Doch Wolfi und ich wurden später die besten Freunde.

Zur Feier meiner Ankunft wurden am nächsten Tag zwei Schafe gekauft. Ein Widder und ein Mutterschaf. Mein Pflegevater benannte das Weibchen Mohrle, weil es schwarz wie die Nacht war. Und weil ich in seinen Augen einen dunklen Teint besaß, obwohl der eigentlich hellbraun war, wurde ich nun von ihm ebenso Mohrle genannt. Manchmal wusste ich nicht, wenn er nach Mohrle rief, ob er mich oder das Schaf meinte.

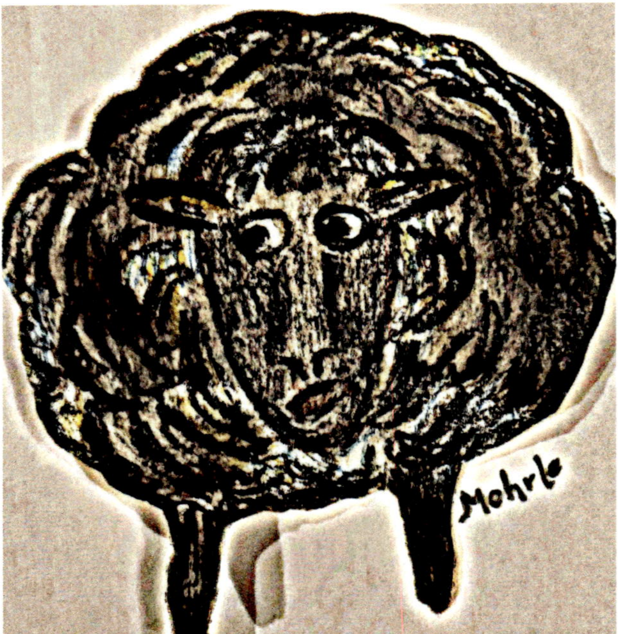

Eifersucht

Zu Anfang meines Aufenthaltes, begegnete mir, diese Familie sehr freundlich. Die Matratze in meinem Bett blieb meistens trocken, worüber ich mich wunderte. Ich war zufrieden mit mir. Passierte mir aber dennoch ein Malheur, so wurde es mir nicht übel genommen. Nach etwa fünf Wochen Aufenthalt in dieser Familie wurde dann Gertrud sehr eifersüchtig auf mich. Es gefiel ihr nicht, dass Muddl mir auch eine gute Mama sein wollte. Jeden Samstag war Muddl zum Einkaufen gefahren und brachte für Gertrud und mich Süßigkeiten mit. Diese Leckerei sollte Gertrud dann mit mir eins zu eins teilen. Ich erfuhr, dass es Gertrud ebenso wie mir an Rechenverstand mangelte. Wobei ich diese Aufgabe mit Bravour gelöst hätte. Gertrud verstand unter gerechtem Teilen, zehn Gummibärchen für mich, der Rest der noch vollen Tüte für sich. Immer wieder begründete das Rechengenie seine falschen Ergebnisse mit meinem Fehlverhalten ihr gegenüber. Und ich hielt ihr, auf sie sauer geworden, ihre Fettleibigkeit vor, weil sie übermäßig viel Süßigkeiten fraß.

Das gab Ärger, weswegen es Muddl, dann doch einmal zu bunt wurde und sie entschied, dass ihre Tochter, die Leckereien nicht mehr teilen solle. Bei den Einkäufen ging ich jetzt leer aus. Trotzdem behielt Gertrud ihre Eifersüchtelei mir gegenüber bei. Denn Hermann Schuster zeigte allen, dass er mich sehr mochte. Er unterhielt sich mit mir häufiger als mit seiner Tochter, welche sich für sein Wissen nicht interessierte. Er nahm mich gerne mit auf seine Wanderungen, denn er spürte, dass mich die Natur faszinierte. Und er freute sich darüber, dass ich ihm dazu interessierte Fragen stellte. Ich hatte nämlich bemerkt, dass er über ein großes Wissen über die Wälder und den darin lebenden Tieren verfügte.

Weil er mich alleine auf seine Erkundungen mitnahm, waren somit, auch wenn wir nur zwei Mal im Monat in die Bergwälder gingen, Streitereien mit Gertrud vorprogrammiert.

Mein Leben gestaltete sich dort bei den Pflegegeschwistern und deren Mutter zunehmend schwierig, ich fühlte mich wie das fünfte Rad am Wagen. Um mich das spüren zu lassen, musste ich jedes Wochenende alleine die Stallungen im Hof ausmisten und auf Knien den Boden des Hauses und die Flächen der Schränke innen wie außen säubern. Umso mehr freute es mich, wenn Gertrud ab und an bei der Türreinigung auch den Lappen schwingen musste. Ihr gefiel das gar nicht, denn vor meiner Ankunft bei diesen Leuten war sie nicht zu dieser Arbeit gezwungen worden. Da hatte Muddl eine Reinigungshilfe, die beim Putzen beweglicher war, als sie selbst.

Gertrud schäumte vor Wut und hetzte ihre Brüder gegen mich auf. Denn sie war nicht damit einverstanden, dass ich ihre Aufforderungen missachtete. Geradezu bereitwillig glaubten die Brüder den Lügen ihrer Schwester und beschimpften mich gar nicht zimperlich. Ich wurde nicht mehr Bea, sondern „de Schwarz“, „da Nega“ genannt. Und ich lernte eine Fülle von neuen Wörtern kennen, die als Rufnamen für mich benutzt wurden. Die Schusterkinder hatten für mich nur noch verletzende Benennungen, mit denen ich gerufen wurde. „Mistmensch“, „Britschn“, „Mistbritschn“, „Bastard“, „Soach“ oder „Matz“ und „Schwarze“.

Bea wurde aus ihrem Vokabular gestrichen. Nur im Schulhof fiel es Gertrud in der Pause ein, dass ich eigentlich Bea hieß. Da Birgit Schuster ihre Kinder liebte, mischte sie sich auch da nicht ein. Manchmal nannte auch sie mich Matz oder Mistvieh, wenn ich nicht nach ihrer Pfeife tanzte ihrem Sinne handelte.

Einmal, an einem heißen Sommertag, sperrten mich die Schusterkinder mich in mein Schlafzimmer undverschlossen von außen die Fensterläden. Ich konnte nicht verstehen, wie sie das gemacht hatten, denn normalerweise wurden Fensterläden von innen verriegelt. Sie müssen etwas Schweres davorgestellt haben, um die Fensterläden zu blockieren. Jedenfalls konnte ich sie von innen nicht öffnen.

Muddl und Papa Josef waren in das Dorf zum Einkaufen gefahren. Willi war auch nicht bei sich zu Hause. Ich saß während die Erwachsenen außer Haus waren, im Dunklen auf meinem Bett und wartete angespannt darauf, dass meine Zimmertür wieder geöffnet wurde. Jedes Geräusch ließ mich zusammenzucken.

Der Lichtschalter wollte auch nicht funktionieren. Ich saß in völliger Dunkelheit auf meinem Bett und spürte, wie eine Ewigkeit vergangen war, als plötzlich die Läden aufgerissen wurden und es am Fenster laut klopfte. Meine Augen hatten sich an die Dunkelheit gewöhnt und ich kniff sie zu, als mich das plötzliche Licht blendete. Mit klopfendem Herzen sprang ich aus dem Bett, um zu sehen, wer die Läden geöffnet hatte. Erschrocken wich ich zurück und schrie, denn ich blickte in eine Fratze, die lauthals und hämisch mich auslachte.

Es war der blanke Horror, denn ich sah zudem einen Fleischberg, dessen Beine, gegrätscht, an einem Stock befestigt waren. Rupert schwenkte das tote Tier das leere Augenhöhlen hatte, vor dem Fenster hin und her. Die unteren Glieder waren noch nicht von dem schwarzen Fell befreit worden. Das Blut rann noch aus der Nase und Spritzer bedeckten das Fenster. Wirre, boshafte Augen sahen mich an, während mich mein Pflegebruder anschrie: „So du Negerbritschn, jetzt ham mir dei Liebling gekillt!"

Mein Liebling war Susi, das schwarze Kaninchen, dessen weiches Fell ich jeden Tag gestreichelt hatte. Es hoppelte mir auch hinterher, wenn ich es auf dem Gras absetzte und es fraß aus meiner Hand. Zu mir war Susi vollkommen zutraulich.

Das ganze Haus war von meinen ohrenbetäubenden Schreien erfüllt. Ich raufte mir meine Haare und wollte mich nicht mehr beruhigen. Das Weinen hatte mich so viel an Kraft gekostet, dass ich vor Müdigkeit auf mein Bett fiel und schluchzend einschlief. Getröstet hatte mich am darauffolgenden Tag

Wolfi, der der einzige Freund für mich war. Jeden Tag ging ich zu ihm, sprach über mein Leid und streichelte währenddessen sein Fell, wodurch er mich liebevoll ableckte und seinen Körper an mich schmiegte. Als würde er mein Befinden verstehen, beruhigte er mich mit seiner Art, mich zu streicheln.

Mohrle, das Schaf und meine Lieblingsziege, die ebenso wie das Kaninchen, Susi hieß, waren auf der Alm. Die konnten mir keinen Trost spenden. Doch es war besser, sie auf der Alm zu wissen – wer weiß, was die drei ansonsten ihnen angetan hätten. Zu allem Unglück hatte sich bei mir wieder das tägliche Einnässen eingestellt. Ich konnte es nicht aufhalten und stand nur noch dem wachsenden Zorn der Schusters gegenüber. Bis auf Papa Hermann, dem es gar nicht gefiel, wie seine Kinder mit mir umgingen.

Leider sah er sich außerstande mir zu helfen, denn die Pantoffeln seiner Frau, unter denen er stand, waren groß und schwer. Damals brachte mich mein Missgeschick am Rande der

Verzweiflung, denn ich verstand es nicht, warum ich in der Nacht meine Blase nicht unter Kontrolle hatte. Heute aber spreche ich es den unschönen Erlebnissen zu, die mich Tag für Tag verfolgten.

Ich stand im nassen Nachthemd auf, das auf meiner Haut klebte und legte mich abends, angezogen, mit einem sauberen Nachthemd, auf eine feuchte, stinkende Matratze nieder. Zwar wurde sie täglich gewaschen, erfuhr aber keine tiefe Reinigung.

Meist fror ich, vor allem im Winter, auf der noch etwas feuchten Liegematte, bis ich eingeschlafen war. Birgit Schuster bekam Mitleid mit mir und drückte mir eines Tages kurz vor dem Schlafengehen ein paar Moltontücher in die Hand. Damit konnte ich die noch feuchte Stelle bedecken, wodurch ich zumindest eine Weile im Trockenen lag - so lange, bis die Tücher vollgesaugt waren. Da war ich dann aber schon eingeschlafen und spürte nichts mehr. Mein Körper machte sich dann nachts an die Arbeit, mit seiner Wärme die Unterlage zu trocknen. Doch meist war es umsonst, denn in der Früh zeigte sich, dass es meiner Blase völlig schnuppe war. Ich schickte Gebete nach oben und bat um Hilfe. Es half nichts! Die Schusters, ausgenommen mein Pflegevater, waren davon überzeugt, dass eine pure Absicht dahinter steckte. Meine Schwäche wurde mit weiteren Schikanen bestraft. Es nützte mir nichts, sich auf dem Heuboden oder im Hain zu verstecken. Meist waren es Rupert oder Gertrud, die mich aufspürten und mich drangsalierten.

***

Eines Tages im Herbst, hatte ich einen metallenen Gegenstand in einer Einbuchtung von Willis Hütte gefunden und an mich genommen. Ich wusste nicht, dass dieses Metallstück einen Schlagring darstellte, geschweige denn, dass es eine Waffe war und Ignaz gehörte. Der Gegenstand hatte vier runde Löcher. Instinktiv schob ich meine Finger durch sie und machte eine Faust. Ich besaß eine blühende Vorstellung und malte mir aus, dass man einen Feind wie Rupert damit gut abwehren konnte. Mir war es nicht bewusst, dass mein Gedanke der tatsächlichen Wirkung des Dings sehr nahe war. Ich stritt ab und log, als Ignaz mich nach dem Verbleib eines metallenen Objekts aus Willis Hütte befragte, obwohl ich sicher war, dass er damit auf den von mir gefundenen Gegenstand anspielte. Ich spielte die Ahnungslose, während ich diese Waffe in der Tasche meiner Kittelschürze versteckte. Wortlos stampfte Ignaz davon und ging gemächlich zum Hauseingang zurück. Ich war der Überzeugung, dass er mir glaubte.

Ich erinnerte mich noch sehr gut daran, als Ruppert mich einmal kräftig schlug. Diese Schläge zogen in meinem Geist vorbei, dagegen ich mich zukünftig währen wollte.

Damals lag ich im Bett und sang ein Lied, das mich beruhigen sollte.

In Heintjes Lied: „Es kann nicht immer nur die Sonne scheinen…“, fand ich immer wieder den Trost, den ich so sehr brauchte. Und

Rupert versuchte seine Beruhigung zu finden, indem er mit seinen starken Mechaniker Händen, nachdem er mein Zimmer betreten hatte, erbost in mein Gesicht trommelte, bis meine Nase blutete. In der Hoffnung, dass ich endlich mein “Maul“ halte.

Ich hatte wieder eine Anordnung der Schusterkinder nicht befolgt. Ein Verbot, dass mir das Singen nicht erlaubte, weder auf dem Grundstück, noch im Wald.

Die Begründung des Verbotes war, dass die Schusterkinder eine ältere Schwester hatten. Drei Jahre vor meiner Ankunft verloren sie sie durch eine schwere Krankheit.

Ich war als Stellvertretung der Schwester für Gertrud aus dem Heim geholt worden. Als ein Ersatzspielzeug, wie sie mich einmal betitelte.

Mir tat der Verlust ihrer Schwester leid. Sehr leid, das wäre gelogen, denn ich kannte ja dieses Mädchen nicht. Trotz der traurigen Geschichte wollte ich mir mein Singen nicht verbieten lassen. Lieder zu trällern, war nun mal meine Leidenschaft und es beruhigte mich. Der Trotz loderte in mir auf, angefacht von jedem Schlag. Die Lautstärke meines Gesanges schwoll an, weil Rupert mich mit Prügel umzustimmen versuchte. Ich schluckte das süßliche Blut, in meinem Mund, das etwas nach Metall schmeckte und sang weinend weiter, während meine, von Tränen gefüllten Augen, beharrlich in seine Augen starrten. In diesem Moment hatte sich bei mir ein Gefühl des Triumphes, der Unbesiegbarkeit eingestellt. Erschlagen durfte er mich ja nicht.

Alles in allem gab er genervt auf und lief fluchend davon. Den tränenreichen Sieg hatte ich davongetragen. Vom Schluchzen unterbrochen, sang ich trotzdem gestärkt weiter, denn Rupert hatte trotz der Schläge es nicht geschafft, meinen Gesang zum Schweigen zu zwingen.

Zurück zu Ignaz:

Leider wurde mein Vorhaben, Rupert mit dem Schlagring abzuwehren, vereitelt! Es war dumm von mir, zu glauben, dass ich Ignaz mit meiner Lüge täuschen könne. Ignaz war nämlich zurückgekehrt. Mit finsteren Blick und einem Luftgewehr, das er in seiner

Armbeuge trug, kam er entschlossen auf mich zu. Seine Vermutung trieb jetzt noch mehr seine Beine an. Ich sah wie sie schneller wurden und in meine Richtung liefen. Eine Adrenalinausschüttung brachte mich dazu, ebenso meine Beine flotter zu bewegen, hin zu einem Baum, hinter dem ich mich zu verstecken versuchte. Mein Bestreben mich zu verbergen, hielt ihn nicht davon ab, den Gewehrkolben langsam und bedrohlich auf mich zu richten. Der wird doch nicht … der Windzug einer Kugel strich mein rechtes Ohr, als sie an meinem Kopf vorbeirauschte. Aufgeschreckt kletterte ich über einen Holzstoß, und spürte mein Herz pochen. Schnell kletterte ich die Fichte hoch. Zwischen dem Geäst versuchte ich mich dann zu verstecken, während mein Pflegebruder mehrmals hintereinander das Gewehr nachlud, es anlegte und auf mich zielte.

„Di griag i, du Matz“! (Dich erwische ich, du Matz!), rief er mir nach jedem Laden des Gewehres zu. Ich war verwundert, wie schnell und weit ich auf die Fichte hochgeklettert war, während er abdrückte und sein Tun mit den Worten garnierte: „Schaus o! Wia a Aff schaut´s aus und wie a Aff kletterts, de Schwarz“! (Schau sie an! Wie ein Affe schaut sie aus und wie ein Affe klettert sie, die Schwarze!) Und ja, gegen einen Affen, hätte es fast ein aussichtsreicher Kletterwettstreit werden können.

Eigentlich war Ignaz ein guter Schütze. Seine Treffsicherheit bewies er während des Übungsschießens, das er oft hinter dem Haus durchführte. Warum er mich nicht traf, war meiner Flinkheit und dem Schutz des Baumes zu verdanken. Dachte ich damals. Heute bin ich sicher, er wollte mir nur Angst einjagen und hatte mit Absicht knapp daneben gezielt.

Zumindest gelang es ihm, mich fast zu Tode zu erschrecken und im Wipfel des Baumes zurückzulassen. Weiterhin schlug mein Herz kräftig in meiner Brust. Jetzt hatte ich Angst, vom Baum hinunterzufallen - die Todesfurcht hatte sich bei mir eingestellt. Dabei fiel mir das Unglück ein, das sich im Dorf abspielte, worin sich das Kinderheim befand. Jeder sprach davon.

Die Nachricht war in allen Zeitungen zu lesen und sie durchdrang die Mauern des Heims und erreichte die Schwestern, die sich vor uns Kindern darüber unterhielten.

Ein Neunjähriger, der zum Geburtstag mit dem Luftgewehr seines Vaters im Garten auf Vögel zielen durfte, erschoss währenddessen versehentlich seinen vierjährigen Bruder, der daraufhin verstarb. Diese grausame Erinnerung an dem Unfall und meine Angst vor Ignaz und seinem Gewehr ließ mich zusammenfahren, denn mir war bewusst, dass es mir ebenso wie diesem Jungen ergehen könne.

Das Geräusch der vorbeizischenden Kugeln blieb mir im Gedächtnis. Bis zum Abend hielt ich mich an den Ästen fest, auch nachdem Ignaz schon längst gegangen war. Langsam bemerkte ich, wie meine Glieder ermüdeten. So entschied ich, bevor mich die letzte Kraft verließ, zum festen Untergrund zurückzukehren. Meine Glieder zitterten wie Espenlaub, als meine Füße endlich den

Erdboden fanden. Ich schlich zu dem Waffenversteck und zog heimlich die Handwaffe aus meiner Kittelschürze. Zurück in die Holzmulde gelegt, hoffte ich, dass Ruhe einkehre, obwohl ich sicher sein konnte, dass ich weiterhin Ignaz und Rupert ausgeliefert sein würde.

Ignaz ließ mich tatsächlich in Frieden, nur seine Schwester, Gertrud, hatte wie Rupert Spaß daran, mich weiterhin zu traktieren.

***

Der Monat August lag in seinen letzten Zügen. Die Schafe waren von der Alm zurückgeholt worden, um ins Winterquartier einzuziehen. Das Schaf Mohrle trug jetzt einen kugelrunden Bauch. Meine Aufgabe bestand nun darin, die Schafe zu hüten und vor allem mit Mohrle sorgfältig umzugehen. Mohrle hatte jetzt ein Babyschaf in ihrem Bauch. Meist war schon vor den Schulstunden meine Hilfe gefragt, um am frühen Morgen, mit meinem Pflegevater, das von ihm gemähte Gras von der Wiese zu holen. Wenn ich zurück nach Hause kam, musste ich mich im Eiltempo für die Schule fertigmachen. Zum Frühstück schob ich mir schnell das Marmeladenbrot zwischen die Zähne und rannte den langen Weg zur Straße, um den Schulbus nicht zu verpassen. Ich trank selten in der Früh den mir dargereichten Muckefuck. Diesen Trank, der ein Kinderkaffee sein sollte, konnte ich nicht ausstehen.

Der Busfahrer war ein netter Bayer und wartete vornehmlich auf mich, wenn die fünf Minuten Wartezeit von mir nicht überschritten wurden. Manchmal war es mein Bestreben, den Bus zu verpassen. Da wollte ich dann die sechs Kilometer singend zu Fuß zur Schule gehen. Keiner vermutete, dass hinter meinem Zuspätkommen eine andere Absicht lag. Mich verletzte es, wenn mich Kinder im Schulbus hänselten.

Täglich riefen mir einige von ihnen im Schulbus das Doppelwort Negerbobberl zu, während ich den Gang im Bus durchlief, um für mich einen Sitzplatz zu suchen, der meistens im hinteren Bereich zu finden war.

Bis einmal der Busfahrer einschritt, mitten auf der Landstraße am Straßenrande anhielt, sich weigerte, die Fahrt fortzusetzen und mit Rausschmiss drohte. Dafür war ich sehr dankbar und hoffte, dass die mitfahrenden Kinder sich zukünftig an das Verbot hielten, dass ihnen der Busfahrer auferlegte. Der Mann hatte zudem auch eine einschüchternde Erscheinung. Er war groß, stämmig und schob einen kleinen Bauch vor sich her. Unter seinem Hut lugten tief sitzende buschige Augenbrauen hervor, die seine Mimik ernster erscheinen ließen, als sie war. Die Brauen besaßen die gleiche Farbe wie sein Rauscherbart, der bis zu seiner Brust herunter hing - nämlich rot.

Der grüne Hut war sein Markenzeichen. Der war mit einem echten, getrockneten Enzian und einen Alpenrosenzweig verziert. Ich konnte mir diesen Mann ohne seine Kopfbedeckung nicht vorstellen. Es schien, dass der Hut mit seinem Kopf verwachsen war. Denn diesen Hut nahm der Busfahrer während der ganzen Fahrt und in den Fahrpausen niemals ab.

Wenn ich im Schulbus endlich in Ruhe gelassen wurde, gab es trotzdem Unverbesserliche, die außerhalb des Busses, in der Nähe des Ausstieges ausharrten. Mit dem Wissen, dass der Bus weitergefahren war, warteten sie wie mit scharrenden Hufen auf mich, um endlich mir Schimpfworte nachzurufen. Einmal verfolgte ich solch einen Burschen, der so alt war wie ich und wendete an ihm meinen in der Schule schon bekannten, schmerzhaften Griff ins Haar an. Damit zwang ich ihn auf den Boden, so sehr tat es ihm weh. Bei seinem Versprechen, dass er sich niemals wieder über mich lustig mache, ließ ich seine Haare los. Er hielt sich tatsächlich daran, was mich ein wenig überraschte, sogar beeindruckte.

Bobberl nennt man in Bayern zärtlich Kleinkinder. Negerbobberl ist ein Schimpfwort, denn in diesem Falle ist mit dem Bobberl ein Nasenpopel gemeint, während „Neger“ ohnehin als eine abwertende

Bezeichnung verstanden werden sollte. Manchmal wehrte ich mich gegen diese Anfeindungen. Ich ließ dann die Verprügelten mit blutender Nase und ausgerissenem Haar am Wegesrand zurück. Leider folgten immer wieder andere nach wie aus ihrem Nest aufgescheuchte Hornissen.

Ein Ort der Ruhe fand ich hoch auf einem Berg. Mein Pflegevater liebte es, einmal im Jahr, im späten Frühjahr auf diesen zu wandern. Dazu nahm er mich mit. Früh morgens um vier Uhr weckte mich Vater Hermann und die Freude auf den bevorstehenden Tag trieb mich dann sogleich aus den Federn Er bestieg mit mir gerne die Wildpfade des Berges, die hinauf zum Gipfelkreuz führten.

Ich genoss es, mit ihm die Wege der Erhebung von über 1.600 Metern, hochzugehen. Mein Pflegevater zeigte mir, während wir den Berg hinauf gingen ausgetrocknete Bäche, in denen ich einmal kleine Ammoniten fand. Doch fand ich es beschwerlich, weil Papa Hermann meist zügig voranging. Oben auf dem Gipfel angekommen, belohnte mich der Ausblick auf die winzig kleinen Dörfer dort unten im Tal.

Mit meinem Pflegevater ganz allein zu sein, ließ mich die Teufeleien seiner Kinder vergessen. Herrmann machte oft mit einem Fernglas die Gämse in den Steilhängen ausfindig, um sie dann mir dann zu zeigen.

Ich freute mich auf sein Jodeln, womit er sich jedes Jahr von Weitem mit einer Sennerin, die vielleicht Käse und Butter für ihn hatte, verständigte. Zum Abschluss gingen wir zu den Bergwiesen, um dort Arnika zu pflücken. Wir beschäftigten uns mit dem Entfernen der schwarzen Käfer, die sich in den gelben Blüten versteckt hatten. Die gepflückten Blüten wurden später von Muddl in Alkohol eingelegt, denn eine Arnikatinktur herzustellen war ihre Spezialität. Es war für mich eine Genugtuung, hier auf dem Gipfel sitzend hinunter ins Tal auf die kleinen Häuser zu blicken – ich war fein raus. Bis zum frühen Abend blieben wir dort oben und entspannten uns in der Nähe von Kühen und Schafen, die dort auch ihre Freiheit genossen. Am liebsten wäre ich dann auf dem Berggipfel zurückgeblieben, wo das Echo erschallte, wenn wir ganz laut zwischen Felswände „Hallo“ riefen.

Diese Erlebnisse mit meinem Pflegevater wollt ich niemals missen.

Alpenlandschaft 1997

Schwarze Engel gibt es nicht

Wie ich es schon in all den vergangenen Jahren im Heim erfuhr, durfte ich auch hier, in meiner neuen Heimat, in der vorweihnachtlichen Zeit bei keinem Krippenspiel in der Schule keinen Engel spielen. Ebenso wie im Kinderheim versuchten strenggläubige Kinder wie auch Religionsschwestern mich davon zu überzeugen, dass es schwarze Engel nicht gäbe. Im Heim waren mehrere Putten im Esszimmer an der Wand befestigt. Dort zeigten die Kinder mir den Beweis mit Fingerzeig auf die hellen Porzellan Köpfe und -Flügel. Hier in der Schule in meines neuen Wohnorts, reichte es mich zu fragen: „host du aufm Buidl scho moi an schwarzn Engl gseng? (hast du schon mal auf einem Bild einen schwarzen Engel gesehen?“). Meine Antwort darauf war mein teuflischer Blick, der mir ohnehin nachgesagt wurde und womit so mancher eine Angst vor mir bekam. Denn damit sah ich unberechenbar aus - wurde mir einmal gesagt.

Mit der Maria stand ich auch auf dem Kriegsfuß. Die heilige Maria durfte nur ein blondes Mädchen, mit hellem Teint spielen. Nun ja, dunkelblond war auch akzeptiert. Im Übrigen war der Josef auch von heller Hautfarbe. Manches Mal, wenn kein Junge zur Verfügung stand, durfte ihn auch ein Mädchen spielen. Er (oder sie) durfte aber nur braunes Haar tragen. Notfalls mit einer Perücke. Mein Aussehen hätte die bildliche Vorlage zu einhundert Prozent verfehlt, obwohl ich braunes Haar trug. Nicht nur das, denn das Wichtigste war, dass die Eltern der ausgesuchten Kinder fleißige Kirchgänger und verheiratet waren. Da konnte ich so oder so nicht mithalten. Ich, das ledig geborene Kind, dem eine schwarze Haut angedichtet wurde (meine Hautfarbe war Milchkaffeebraun) ging wie auch meine Pflegeleute nicht in die Kirche. Mein Temperament entsprach ebenso nicht den Vorstellungen der Menschen hier.

Wie tritt denn ein König aus dem Morgenland vor den Augen der Zuschauer auf?

Wenn auch der Melchior zu mir gepasst hätte, zumindest hätten sie weniger Arbeit beim Schminken gehabt, gab man lieber einem hellhäutigen Kind den Vorzug. Sein Gesicht wie auch der Hals und die Hände mussten mit schwarzer Schuhcreme oder Kohle geschwärzt werden. Ein roter Lippenstift hob die Lippen hervor und über dem Haar wurde ein weißes Tuch drapiert. Das Gesamtbild stimmte dann, glaubten sie und fertig war der Mohr. Mir war der Esel oder das schwarze Schaf vorbehalten.
- Die Wolle wuchs mir ohnehin schon auf meinem Kopf.

Für mich waren die besinnlichen Weihnachtstage in meiner Kindheit unerfreuliche Tage“, auf die ich gerne verzichtet hätte.

Muddls glorreiche Erfindung

„Schwarz, geh her!“, rief Birgit Schuster. Ich hatte mich in meinem Schlafzimmer versteckt. Leider war ich gezwungen, mich in meiner neuen Kluft zu zeigen.

Es war Abend, als alle versammelt in der Küche saßen - neugierig auf das, was ich ihnen vorführen solle. Neu war für mich auch, dass die Nachbarin ebenfalls zugegen war. Die dann aber eiligst das Haus verließ, nachdem sie mich in meinem neuen Outfit kommen sah. Kopfschüttelnd hatte Papa Schuster auch das Haus verlassen und den Weg zur Gastwirtschaft eingeschlagen.

Die Familie war es leid, dem von mir entwickelten Ammoniakgeruch ausgeliefert zu sein. Ich bekam zwar keine neue Matratze, aber Frau Schuster hatte Stunden zuvor eine glorreiche Idee, die von ihr sofort umgesetzt wurde. Es machte sie sehr stolz, dass ihr eine solch grandiose Lösung gelungen war. Endlich konnte sie meiner Matratze die Gelegenheit bieten, von innen heraus zu trocknen. Ammoniak - vermischt mit kaltem Rauchgeruch (wenn man sich das vorstellt) und so kann ich verstehen, dass alle Schulkameradinnen bei dem Gestank vor mir Reißaus nahmen.

Am Tag dieser Erfindung brauchte Frau Schuster nur eine Einkaufstüte aus Plastik, zwei Moltontücher und ein Paketklebeband.

„Ziag dein Rock, deine Strumpf und Unterhosn aus!“ (Zieh deinen Rock, deine Strümpfe – und Unterhose aus), hieß es früh an diesem Abend, nachdem ihr Meisterwerk vor ihr auf dem Tisch lag.

Beschämt zog ich gehorsam die Wäsche aus, während die Kinder schadenfroh hinter dem Esstisch sitzend grinsten.

„Rupert“

„Zu Befehl Muddl“!

„Hoi des Paketband aus‘m Schrank“! (Hol das Paketband aus dem Schrank)

Rupert stand auf. Er hatte sichtlich Spaß daran, einen braven Soldaten zu mimen.

Ich schaute verdutzt und wunderte mich, dass er sogleich spurte.

„Matz, kim her“! (Matz, komm her)

Natürlich war ich damit gemeint. Ich machte Halt vor ihr

„Bleib steh und ziag de Tütn o“!

Folgsam steckte ich meine Beine durch die abgeschnittenen Enden der Tüte.

„Gertrud, hoi des Molton“!

„Und du“, damit meinte sie wieder mich, „mach deine Haxn ausanander!“ (Beine auseinander!) Mein Schamgefühl nahm zu- mein Gesicht wollte erröten.

Birgit Schuster drückte mir zwei Moltonstoffe in die Hand und befahl: „Ziags zwischn de Haxn durch“!

Auf dem Tütengrund lag jetzt ein dicker Wulst von Moltontüchern.

Meine Pflegemutter zog mir die Tüte mit dem Molton bis über meinen Nabel hoch und klebte sie mit dem Klebeband ab. Rundherum befestigte sie damit die Tüte auf meiner Bauchhaut, was ich nicht sonderlich angenehm empfand. Die Beine waren auch von allen Seiten abgeklebt worden. Damit war die Windel dicht. Kein Lüftchen und kein Wässerchen konnten mehr entfleuchen. Ich war bis zum Bauchnabel abgedichtet. Und es machte pft, pft bei jedem meiner Schritte worauf die Schusterkinder vor Lachen sich ihre Bäuche hielten.

Die Matratze war gerettet und ich hatte jetzt O-Beine.

Von diesem Tag an hat mein aufrechter Gang an Stärke eingebüßt. Es tat mir nicht nur in der Seele weh, sondern auch meiner Haut. Das dicke Moltontuch scheuerte nämlich an meinen Innenschenkeln so sehr, dass meine Hautoberfläche schmerzte. Wie auch die abgeklebten Stellen, die keine Luft durchließen. Noch schlimmer war es, wenn am Morgen darauf das Klebeband entfernt wurde. Eine Babycreme half dann meiner Haut, sich zu beruhigen.

Keinem, der mir im Haus begegnete, konnte ich in die Augen schauen. Der Boden, auf dem ich ging, war jetzt mein Gesichtsfeld geworden. Die Neuentwicklung der Birgit Schuster und die hämische Freude ihrer Kinder verunsicherten mich dermaßen, dass es auch in der Schule zum Tragen kam.

Ich fühlte mich so schrecklich und hilflos, als meine Seele so sehr verletzt wurde. Es war eine regelrechte Tütendemütigung!

Diese Erfindung musste ich, bevor ich diesen Ort nach vier Jahren für immer verließ, ab dem

Ende meines neunten Lebensjahres, jeden Tag erdulden. Meine Matratze roch zwar noch immer unangenehm, aber ich fror nicht mehr, weil mein Bettlager jetzt trocken war. Gelegentlich sickerte etwas Urin durch eine geplatzte Tütennaht. Daraufhin wurde von Muddl sofort wieder eine neue Tütenwindel hergestellt.

Ruhe vor dem Sturm.

An einem Winterabend, es war um fünf Uhr nachmittags, brach die Dunkelheit herein. Dicke Schneeflocken tanzten vom Himmel herunter und verwandelten die noch grüne Gebirgslandschaft in eine Winterlandschaft. Hinter dem Fenster versuchte ich die unzähligen Flocken zu zählen, bis mich meine Pflegemutter in mein Schlafzimmer beorderte.

Es war ungewöhnlich, in diesem Haus schon so früh zu Bett zugehen. Für mich aber nicht. Denn in der Nacht zuvor, wie es auch in den anderen Nächten zu erwarten war, hatte sich ein Rinnsal durch die Tütennaht gebahnt und sich auf der Matratze breitgemacht. Diese war feucht geworden. Deshalb wurde ich wieder einmal bestraft.

Papa Schuster besuchte zu diesem Zeitpunkt einen Freund. Seine Frau, Muddl und zwei ihrer Kinder sahen einen Fernsehfilm im Haus von Willi an. Die Schusters besaßen noch keinen Fernsehapparat.

Ignaz besuchte gerade seinen Arbeitskollegen im Dorf. Dieser war zugleich sein bester Freund.

Ich lag im Bett und hatte Schwierigkeiten einzuschlafen. Endlich war es so weit in Schlaf zu sinken, als meine Ohren ein leises Geräusch wahrnahm. Männliche Stimmen flüsterten miteinander in der Küche. Sanft wurde die Türklinke zu meinem Schlafzimmer gedrückt. Mein Herz fing zu klopfen an, ich war wieder hellwach und sah in die Schwärze der Dunkelheit. Ich versuchte meinen Atem anzuhalten, als ein kleiner Lichtkegel in mein Zimmer fiel. „Matz“ hörte ich den mir bekannten Ausdruck von der Stimme, die zu Ignaz gehörte. Mein Herz schlug schneller, als ich dieses Wort wiederholt wahrnahm.

Das Wort „Matz!“ wiederholte jetzt eine mir unbekannte Männerstimme. Den Menschen, dem die Stimme gehörte, sah ich nicht. Nicht einmal den Schatten, denn ich hatte meine Augen nach den Rufen von Ignaz ängstlich zu geklemmt.

Ich regte mich nicht, große Furcht breitete sich in mir aus. Beklommen lag ich wie ein Häschen in Angststarre in meinem Bett. Darauf wartend, dass der unwillkommene Besuch sich schnell verdrücke.

Ich öffnete meine Augenlider. Doch ich sah dunkle Gestalten vor meinem Bett treten.

„Der wern mas zoang!“ (der werden wir es zeigen!), stieß auf einmal die fremde männliche Person diese Drohung aus und Ignaz pflichtete ihm bei.

Sie beschimpften mich mit: „Du geile Sau!“ Es muss der Freund von Ignaz gewesen sein, der meine Arme auf einmal festhielt. Er drückte mich auf die Matratze, während Ignaz die Tüte von meinem Leibe riss. Ich brüllte, wurde immer lauter, weil es schmerzte und aus Furcht, weil sie nicht von mir abließen. Mein Körper wand sich unter ihren Händen, meine

Beine wurden mit Gewalt gespreizt. Doch niemand kam oder hörte mich. Ich war den beiden, die nach Alkohol rochen, völlig ausgeliefert.

Etwas Kaltes war meiner Scham näher gekommen. Ich wand meinen Körper und versuchte mich zu befreien, was mir nicht gelang.

So kam es, dass meine Gefühle verschwunden waren. Ich fühlte nichts mehr, sie hatten den Nullpunkt erreicht. Währenddessen aber wünschte ich in Gedanken den Beiden den Tod, der so schnell wie möglich eintreten sollte.

Birgits Schuster Stimme unterbrach meinen Schwur: „Was ist da los!“, rief sie in die Küche hinein, worauf Ignaz mich schnell zudeckte, die Taschenlampe ausknipste und den kalten Gegenstand unter der Zudecke neben meinen Beinen verschwinden ließ.

Bevor ich seine Muddl hörte, konnte ich noch gellend schreien. Jetzt aber, wo die Zimmertür einen Spalt geöffnet worden war, lag ich starr auf meiner Liegestatt und war unfähig, einen Laut von mir zu geben. Ich wollte, öffnete meinen Mund, doch es kam kein Ton heraus. Meine Augen starrten jetzt in das Dämmerlicht, das sich durch den kleinen Spalt der geöffneten Tür stahl.

Ignaz Freund hatte sich im Badezimmer versteckt, bevor Ignaz seiner Mutter antwortete: „Nix is Muddl, d'Matz is nur daschrockn (Nichts ist los Mama, das Miststück hat sich nur erschrocken). I hoi nur no wos zum Essn und a Bier" (ich hole mir nur etwas zum Essen und ein Bier).

Frau Schuster wird mit der Antwort ihres Sohnes zufrieden gewesen sein. Denn sie zog die Tür gleich wieder zu. Und ich? Wie im Krampf war mein Mund verschlossen. Kein Wort wollte sich von meinen Lippen lösen. Weiterhin lag ich steif da und hörte die Haustür, als sie ins Schloss fiel.

Was war denn nur los mit mir? Warum nur blieben meine Lippen verschlossen? Ich verstand mich nicht mehr.

Mit leiser Stimme rief Ignaz nach seinem Freund. Der verließ daraufhin eiligst das Badezimmer. Ich konnte jetzt vor ihm sicher sein, denn er hatte beschlossen, gleich zu sich nach Hause zu fahren. Ignaz griff noch einmal unter meine Bettdecke und zog die Flasche hervor, mit der sie versucht hatten, meine Vagina zu penetrieren. Es war eine große, leere Sektflasche. Ich sah sie, weil Ignaz inzwischen die Taschenlampe, bevor er die Tür meines Schlafzimmers zur Küche hin öffnete, wieder eingeschaltet hatte.

Wie das Schicksal es wollte, starb Ignaz Freund, am darauffolgenden Tag bei einem Autounfall. Ignaz war mit seinem Auto, zu schnell in die Kurve gefahren. Er hatte Glück im Gegensatz zu seinem Freund, der mitgefahren war und am Unfallort nicht mehr gerettet werden konnte. Ein Arzt betrieb an der Unfallstelle seine Praxis und konnte die aufgeschlitzte Schlagader am Hals von Ignaz sofort verarzten, was ihm sein Leben rettete.

Lange standen diese Fragen im Raum: Warum fragte Frau Schuster nach dem Grund meines Schreiens nicht? Warum sah sie darin keine Notwendigkeit, mein Zimmer zu inspizieren?

Ich war damals zehn Jahre alt.

Wie ich diese Erfahrung ohne Hilfe überwand, verdanke ich allein meinem Glauben. Schon immer dachte ich, mein Körper sei ein Gefäß, worin meine Seele wohnt. Die Wohnstatt meiner Seele, also, wurde an jenem Tag etwas beschädigt. Nicht aber mein Innenleben, das ich in jenem Moment mit einer dicken Schutzmauer umgab.

Bedrohung 2021

Metamorphose

Spaß hatte ich an Sommertagen, zumindest am Samstag, wenn alle Schusterkinder ausgeflogen waren. Da durfte ich bei Sonnenschein im Wasser planschen. Nicht im Schwimmbad oder im offenen Gewässer wie

Gertrud und ihre Brüder. Für mich wurde eigens eine rund 1,6 Meter lange alte Zinkwanne im Garten hinter dem Haus aufgestellt. Denn verlassen durfte ich das Grundstück nicht. Außer ich fuhr mit dem Bus zur Schule oder hütete die Schafe auf den umliegenden Wiesen. Ich tauchte mehrmals meinen Kopf unter das warme Wasser, das zuvor in einem Kesselofen erhitzt wurde und mit kaltem Wasser aus dem Gartenschlauch zur richtigen Temperatur abgekühlt wurde. Das Wasser perlte über mein Gesicht, ich wusch mich in dieser Liegewanne mit Seife und shampoonierte die Haare. Es machte mich glücklich endlich meinen Körper, von all dem Schmutz und dem unangenehmen Geruch zu befreien. Vergnügt klatschte ich meine Hände ins Badewasser, tauchte wieder unter und auf. Anschließend hob ich nacheinander die neben der Badewanne stehenden Kannen hoch. Zwei große Kannen, die mit warmen, klarem Wasser befüllt waren. Mit diesem Wasser entfernte ich das restliche Shampoo aus den Haaren. Ich bewegte mich ungeniert in der Badewanne, in dem Wissen, dass die Schusterkinder ins Freibad gegangen waren.

Doch dann sah ich, wie Zweige eines Busches sich bewegten. Zehn Meter von mir entfernt, erhob sich dieser Strauch unter einer der vielen Fichten, die am Rande des Gartens standen. Ich erkannte, dass Ignaz und sein Bruder Rupert es waren. Sie hatten sich hinter diesem Busch versteckt. Mir war es peinlich, vor ihnen im Evakostüm auf einem Präsentierteller zu sein, denn mein Körper befand sich in der Metamorphose. Meine Brüste hatten angefangen, sich sanft zu runden und zwischen meinen Schenkeln waren schon Haare zu erkennen.

„Bitte ned kratz'n, da Binkl (damit meinte er meine Brust) muass wachsen“ (Binkel = Pickel), hörte ich hinter dem Busch, der unweit von der Badewanne, neben der Schreinerhütte stand.

Es war Ignaz, der anschließend gemeinsam mit Rupert lauthals lachte. Ich war erbost: Mit „Kruzifix haut ab, ihr Depp'n – Arschlöcher!“

konnte ich wie eine Schuster fluchen. Das half aber nichts, denn beide ließen sich davon nicht einschüchtern. Die wussten, dass durch mein Fluchen ihre Mutter keinen Anlass sah, um nachzuprüfen, was sich im Garten abspielte. Sie bewegte ihren Körper ohnehin nicht gerne, weil er so schwer und ungelenkig war.

An diesem Tag war es das letzte Mal, dass ich in einer Badewanne im Freien meinen Körper wusch. Zum einen wegen der mir unangenehmen Erfahrung mit den Schustersöhnen und zum anderen weil ich in den darauffolgendem Winter erfuhr, dass in dieser Zinkwanne, den von mir gefütterten Schweinen, der Hals mit einem Messer durchtrennt wurde.

Als Birgit Schuster von mir erwartete, im nächsten Sommer die Wanne zum Baden zu benutzen, streikte ich und zog es vor, die unangenehme Duftwolke hinter mir herzutragen und sie damit einzunebeln. Mir war es mittlerweile egal geworden, wenn sich die Schulkinder von mir fernhielten. Das taten sie ohnehin.

Und doch, eines Tages, wurden alle Menschen die mir begegneten, von meiner prägnanten Duftnote befreit weil die Schusters endlich, mithilfe der Unterhaltszahlungen vom Jugendamt, ihr Haus mit einem kleinen Anbau erweitern konnten. In diesem befand sich nun das lang ersehnte Bad. Das Badezimmer hatte auch eine Tür. Die konnte ich endlich abschließen, wenn ich ein Bad nahm. Keiner konnte mich mehr ungeniert angaffen und diese Wanne wurde auch nicht für die geschlachteten Tiere benutzt.

Blutspur 2021

Der Countdown läuft.

Inzwischen lebte ich mehr als vier Jahre bei dieser Familie. Bis ich begann, die Tage zu zählen. Nicht nur ich, sondern auch die Schusterkinder. Die hatten den großen Wunsch, mich endlich loszuwerden. Rupert beschleunigte dies, indem er mich an einem sonnigen Tag, sehr freundlich in den Garten zu sich rief. Blauäugig nahm ich ihm diese Höflichkeit ab. Ich freute mich sogar, weil ich glaubte, er will die Streitereien begraben. Ich folgte ihm zu den Sträuchern, hinter Willis Hütte. Ich glaubte, dass er mich nach all den Jahren des Verschmähens doch etwas mochte. Denn er sprach überraschenderweise freundschaftlich mit mir. Wie naiv ich doch war! Eigentlich hätte ich es besser wissen müssen. Ich weiß auch nicht, was mich dazu brachte, ihm Vertrauen zu schenken. Vielleicht war es doch mein Wunsch von ihm gemocht zu werden?

Rupert hielt mich auf einmal an meinem Arm fest und nötigte mich die Ausbuchtung seiner Hose, die ich jetzt erst sah, zu berühren. Ich entwand mich ihm und wollte abhauen. Seine Aufforderung machte mir Angst und es war mir unheimlich, was er von mir wollte. So schnell konnte ich nicht schauen, so flink hielt er mich an meinem Handgelenk fest und führte meine Hand zur Beule. Ich wehrte ab. Er drohte:

„I sogs Muddl, dass du mi zwischen de Haxn o'gfasst host. (ich sag es Mutter, dass du mich zwischen den Beinen angefasst hast) Wos glaubst, wemd Muddl glaubt?" (Was glaubst du, wem meine Mama glaubt?)

Natürlich ihm, dachte ich und ließ es widerwillig zu. Er drückte mit seiner linken Hand meine Rechte sanft auf die Ausbuchtung. Ich tat nichts. Worauf er mich aufforderte, die Beule zu ergreifen. „Greiff'n soist"!

Obwohl meine Hände durch die Stallarbeit genug und kräftig waren um ihm einen

Kräftigen vor dem Latz zu knallen, war ich der Situation nicht gewachsen. Ich nahm allen Mut zusammen, kniff meine Augen zu und ergriff die Beule.

Augenblicklich erschrak ich, als Rupert plötzlich zur Seite sprang. Ich riss meine Augen auf und sah zur Ruperts Hand, die vor mir ein verknotetes Schnupftabaktuch hin und her schwang. Er wollte mit dem Tuch sein männliches Geschlechtsteil vorgeben, soviel verstand ich jetzt. Ein großer Stofffetzen, der ansonsten dazu verwendet wird, die vom Schnupftabak verunreinigte Nase zu befreien. Ich ärgerte mich so sehr darüber, dass ich durch meine Naivität auf ihn reinfiel und ihm die Gelegenheit gab mich anzuschwärzen. Ich lief in den Wald mit dem Selbstvorwurf, dass es von Anfang an dumm von mir war, ihm zu vertrauen. Er lachte mich offenkundig aus, denn er war sich jetzt sicher, dass Muddl seinem Wunsch, mich aus der Familie ins Heim zurückzuführen, Folge leisten würde.

„Jetzt hob i di, du geile Sau! Jetzt kimst weg, du Matz!“ (Jetzt habe ich dich …! Jetzt kommst du weg), rief er mir hinterher.

Seine Gehässigkeit war nicht zu überbieten. Mir war klargeworden, dass er siegessicher ins Haus rannte um seiner Mutter über meine „Geilheit“ zu berichten.

Ich schämte mich so sehr, dass die Wut mir Tränen in die Augen trieb. Bis zum Abend hielt ich mich in dem beschaulichen Hain auf, während mir bewusst geworden war. - Ich habe verloren!

Ich bringe ihn um, ich bringe in um, wiederholte ich im Wald mehrmals, auf dem Moosgrund sitzend. Meiner leeren Drohung folgte eine andere Idee - mit einem Küchenmesser meine Pulsadern zu durchtrennen. Diese Technik habe ich schon einmal gesehen, in einem Krimi, den ich im Fernsehen mit ansehen durfte. Doch etwas in mir schien mich vor dieser Dummheit bewahren zu wollen. Wie schon im Heim traute ich mich nicht – ich war gehemmt, wegzulaufen oder hier im Wald gar mein Leben zu beenden.

Rupert machte seine Drohung wahr und log, als er seiner Mutter von einem übergriffigen Verhalten meinerseits erzählte. Anstatt mich fairerweise zu befragen, entschied sie, mich so schnell wie möglich aus ihrem Haus zu entfernen. Im Stillen wünschte ich, Rupert möge die Welt verlassen. Sechzehn Jahre später, als er schon unter der Erde die Rüben zählte, verzieh ich ihm. Er war an Leukämie gestorben.

Nachdem Rupert seine Mutter belogen hatte, dauerte es nur zwei Wochen, bis mich eine Frau vom Jugendamt abholte. Am Tag meines Abschiedes wurde vor meinen Augen ein Säugling in die Arme von Frau Schuster gelegt.

Ich war nun offiziell ausgetauscht worden.

Ein Gefühl von Eifersucht, überkam mich wegen des kleinen Bündels, das Birgit Schuster sanft hin und her wiegte. Keiner der

Schusterkinder beachtete mich, als ich zum Auto geführt wurde, das mich für immer von diesem Ort wegbringen sollte. Die Schusterkinder waren schon Tage, bevor der neue Zögling kam, aufgeregt. Sie hielten sich auch nicht zurück, mir ihre Begeisterung über mein Weggehen mitzuteilen. Neid auf dieses Kind kroch in mir hoch, obwohl ich andererseits froh war, diesen Ort für immer zu verlassen. Zugleich aber kehrte die mir bekannte Furcht vor dem Neuen wieder zurück. Ich fragte mich: Was hat man jetzt mit mir vor? Wohin komme ich?

Haus Buchengrund und der erste Schultag

Wieder wurde ich in eine mir fremde Unterkunft gebracht. Der Unterschied zum vorherigen Heim war, dass dieses Kinderheim wie ein exklusives Chalet wirkte und auf einem weitläufigen Grundstück stand.

Das große Landhaus war zu einem Kinderheim umfunktioniert worden. Es war überschaubar und beherbergte acht Mädchen meines Alters. Dieser neue Wohnort lag etwa zwanzig Kilometer vom Heimatort der Familie Schuster entfernt. Weit genug weg, um keines der Schusterkinder oder ehemalige Mitschüler anzutreffen. Zwar war die neue Schule für mich gewöhnungsbedürftig, denn hier gab es keine Geschlechtertrennung. Neu war für mich auch, dass ich von allen Schülern herzlich aufgenommen wurde. Ich wollte, konnte aber meine Freude nicht wirklich zeigen, denn ich war zu einer schüchternen Person geworden, die wenig sprach. Es verwirrte mich der Unterschied zur vorhergehenden

Mädchenschule, denn dort lehrten weltliche Lehrerinnen und zwei Nonnen, hier aber war das Lehrpersonal gemischt. Den Religionsunterricht hielt in der neuen Schule ein Priester. Dr. Tögen war sein Name. Er war ein Mann von hagerer, kleiner Gestalt und beeindruckte mich mit seinem Gewand, der Soutane.

Im Zweiten Weltkrieg diente er als Feldseelsorger, worüber er uns am Anfang des Unterrichtes ausführlich berichtete. Sein gewaltiges Stimmorgan hätte man ihm nicht zugetraut, da er klein und zierlich war. Wozu aber seine Stimme noch fähig war, lernte ich schon am zweiten Schultag kennen.

Am ersten Tag im Religionsunterricht hatte die ganze Klasse die Hausaufgabe, einen Psalm aus dem Religionsbuch auswendig zu lernen. Zu meiner Entschuldigung besaß ich noch keines der Bücher dieser Schule. Die katholische Schulkameradin, die wie ich im Heim wohnte, hatte ihr Buch unter ihrer Schulbank in dem Glauben zurückgelassen, sie würde den nächsten Tag nicht den vortragen müssen.

Diese optimistische Eigenschaft kam ihr zugute, nicht aber mir. Denn ich sollte am darauffolgenden Tag dem Geistlichen als Erste von all den Schülern den Psalm vortragen.

Meine Erklärung, dass es mir nicht möglich gewesen sei, die Pflicht zu erfüllen, wollte dieser Mann nicht gelten lassen. So erfuhr ich an diesem Tag, dass es Gottesmänner gibt, die es gar nicht so ernst nehmen mit ihrer Seelsorge. Ein fliegender Schulranzen beendete abrupt mein Entschuldigungsgestammel. Denn Dr. Tögen hatte meinen Lederranzen, der mit Schulheften von der Vorgängerschule gefüllt war, vom Haken der Schulbank gerissen und mir in mein Gesicht geschleudert. Eine diagonale tiefrote Schramme zierte nun die Vorderseite meines Kopfes, während ich mich bemühte, nicht zu weinen.

„Du Bastard du! Du dreckige Negerin! Dir werde ich zeigen, wo der Bananenbaum wächst! Von dir werde ich mich nicht um die Nase herumführen lassen …“, sprudelte es aus ihm hervor. Seine Augen blitzten mich hasserfüllt an. Ich war zutiefst betroffen, das mich ein Erwachsener derart beschimpfte.

Der Negerin half der gewitzte Klassenkamerad Andreas. Zusammen mit seinen Tischnachbarn hatte er Dr. Tögens Beleidigungen auf seinem nagelneuen Kassettenrekorder aufgenommen. An diesem Tag nämlich feierte Andreas seinen Geburtstag. Stolz zeigte er uns, vor der Schulstunde, sein Tonbandgerät, das ihm seine Eltern zu seinem Geburtstag geschenkt hatten. Alle waren gefesselt von dem Rekorder, der als Prototyp eines begehrenswerten Geschenks alle in seinen Bann zog. In aller Heimlichkeit hatte dieser Mitschüler das Gerät in Betrieb genommen und Dr. Tögens cholerischen Anfall, ohne Nebengeräusche, klar und deutlich aufgezeichnet. Mucksmäuschenstill war es in der Klasse. Denn alle Schüler waren schockiert über die drastische Beschimpfung meiner Person. Entsetzt hörten sie den ausfälligen Bemerkungen des Hochwürden zu.

Es sei gedankt, dass es einen klaren Beweis gab, der den Gottesmann seinen Dienst an dieser Schule kostete. Noch an diesem Tag wurde er suspendiert, obwohl Aufzeichnungen nicht erlaubt waren. Zudem hatte der Seelsorger schon ein beträchtliches Alter erreicht, das einen Ruhestand gerechtfertigt erscheinen ließ. Glücklicherweise sah ich diesen Mann niemals wieder.

Im Kinderheim Haus Buchengrund lebte ich mich schnell ein und meine Blase auch. Wollte sie, dass ich keine Freunde für mich gewinne? Mein erstes nasses Laken ließ mich bei allen in Ungnade fallen, vor allem bei der Frau, die als Köchin im Haus Buchengrund arbeitete. Bevor es passierte, gab sie mir das Gefühl, dass sie mich besonders gerne mochte. Jetzt aber nahm sie mein Missgeschick persönlich und ich durfte ich, wenn sie in der Küche arbeitete, nicht mehr bei ihr sitzen oder sie in ihrem wohnlichen Zimmer besuchen. Dies war mir nun verboten worden.

Die Mädchen lachten mich zwar nicht aus, aber dafür wurde ich von allen gemieden. Bis Mechthilde, die Heimleiterin, mit ihren Zöglingen ein ernstes Wort sprach, dass ihr Ekel vor mir nicht gerechtfertigt sei, denn eigentlich stank ich nicht. Das Haus beherbergte noch weitere Matratzen im Keller. Ich besaß jetzt zwei! Wenn die eine nass war, durfte ich sie durch eine Trockene ersetzen. Die Nasse reinigte ich mit Schmierseife und einem Hygienemittel. Und die tägliche Dusche machte mich frisch und wohlriechend.

In der Klasse war ich inzwischen zu einem Maskottchen mutiert, dank Dr. Tögen und, zweitens, meiner schnellen Beine wegen. Die versprachen nämlich Siege im Sportwettbewerb mit den Klassen aus einer anderen Schule. Wenn wir die Sportstätte der Schulen besuchten, konnte ich beobachten, dass unser Klassenlehrer nicht nur ein, sondern zwei Augen auf mich geworfen hatte. Denn es tummelten sich auch Jungs in der Nähe der Mädchen. Mir war aber auch schon aufgefallen, dass er mich schon im Pausenhof der Schule beobachtet hatte. Den Auftrag hatte dem Klassenlehrer unsere Heimleiterin, Frau Mechthilde, gegeben, wie ich von ihm erfuhr. Ich besuchte ihn als ich vierundzwanzig Jahre alt war, um Ordnung in mein Leben zu bringen. Ich bekam von ihm Antworten, bei dem es mir an Worte fehlte. Keinen Jungen solle er in meine Nähe kommen lassen!

Langsam langweilte mich die Eintönigkeit der Fantasie von den Beschuldigern und stellte ihm dennoch die Frage: „weshalb?“

Die Antwort blieb er mir schuldig. Den Reim konnte ich selbst darauf machen.

Und täglich grüßt das Murmeltier!

Es war mir schleierhaft, warum die Menschen in meiner Umgebung sich keine Mühe gaben, alle Klischees zu bedienen. Weitere Erlebnisse die ich in dieser Ortschaft erlebte, zeigen, wie borniert Menschen sein können.

Schon die Jahre davor wurde es mir unmöglich gemacht, mit den männlichen Schülern eine Konversation zu betreiben. Es muss wohl ein für mich unsichtbares Schild über mir geschwebt haben, worauf "Verführerin" geschrieben stand. Für meine Beobachter schien es ein Fakt zu sein, dass dunkelhäutige Mädchen und dunkelhäutige Frauen nichts anderes als Sex im Kopf haben. Wie es mir einmal zu Ohren kam, als sich zwei ältere Frauen im Dorf unterhielten, während ich mich in der Nähe befand. Erschwerend kam noch hinzu, dass meine Mutter uneheliche Kinder auf die Welt gebracht hatte. Das hatte sich herumgesprochen und galt als Beweis.

Man war dem Irrglauben verfallen: wie die Mutter, so auch die Tochter. Dieser für mich unsichtbare Stempel wurde mir wohl auf die Stirn gepresst. Allerdings weiß ich heute noch nicht, wodurch das Dorf die Lebensumstände meiner Mutter erfahren hatte.

Meine Jugendjahre zähle ich zu den einsamsten Jahren meines Lebens, was aber keine Einsamkeit im Herzen bedeuten muss. Es waren Tiere, die mein Herz erwärmten und mich das Alleinsein vergessen ließen. Sie waren mir sehr willkommen. Hunde begleiteten mich schon seit ich bei meiner Mutter wohnen durfte. Hier in diesem Heim war es ein weißer Spitz, mit dem ich im Garten herumtollte und eine schwarze Katze, die leider meinen geliebten Hamster, ein Abschiedsgeschenk der Vorgängerklasse, aus dem Käfig stahl und fraß. Ich würdigte sie keines Blickes mehr.

Zudem lernte ich in der Stille des Alleinseins ein heilsames Schweigen, während ich die Natur im Garten, in dem viele Bäume und Rhododendren wuchsen, beobachtete.

Liebende 2018

Erste Liebe

Inzwischen war ich fünfzehn Jahre alt geworden. In diesem Alter beobachtete ich einige Mädchen in unserer Klasse, wie sie sich ihre Lippen mit hellem oder durchsichtigem Lippenstift nachzogen. Mit einem Kajalstift, Lidschatten und Wimperntusche hübschten sie ihre Augen auf und ich sah, wie sie manchmal vor den an ihnen vorbeigehenden Jungen, erröteten. Ein paar Mädchen aus dem Heim erging es ebenso. Schminken taten sie sich aber nur im Schultoilettenraum, um sich dort wieder abzuschminken, bevor es nach Hause ging. Ich interessierte mich für keinerlei der Schminksachen und schon gar nicht für Knaben, bis ich Niko kennenlernte.

Eines Tages im Winter war es mir einmal von Frau Mechthilde erlaubt worden, auf dem Eisplatz, der mitten im Dorf lag, Schlittschuh zu laufen. Eine Schulkameradin, die Frau Mechthilde kannte, musste aber dabei sein. Eine tiefe Freundschaft verband Annabell und mich nicht, aber eine oberflächliche Sympathie empfanden wir doch füreinander. Annabell war eine von den Schülern, die sich zuweilen während der Pause sich zu mir gesellte. Obwohl ich von meinen Mitschülern gern gemocht wurde, lief ich meist alleine im Pausenhof umher. Annabell wohnte in der Nähe des Heimes und das kam mir zugute. Ihre Familie hatte im Dorf einen guten Ruf, was auch Frau Mechthilde nicht entgangen war. Und weil Annabells Mutter großes Vertrauen entgegengebracht wurde, vertraute Mechthilde mich ihrer Tochter an. Wir beide gingen zum Eislaufplatz, schnürten unsere Kufen und wagten uns auf das glattpolierte Eis. Wie Annabell hatte ich kaum Schwierigkeiten, mich mit den Schlittschuhen auf dem Eis zu halten. Meine Mutter hatte mir das Schlittschuhlaufen im fünften Lebensjahr beigebracht. Außerdem glitten wir Schulkinder im Winter, in der Sportstunde mit den Schlittschuhen übers Eis. Zwar ging es mit mir langsam vorwärts, aber je länger wir über das Gefrorene fuhren, desto sicherer wurde ich. Annabell und ich liefen nebeneinander und unterhielten uns. Es war kalt und dennoch genoss ich die erfrischende Luft, die ich sah, wenn ich sie ausatmete. Zwischen all den Schlittschuh fahrenden Menschen fühlte ich mich frei. Befreit von den Argusaugen der Mechthilde und den Lehrern, von denen keiner zu sehen war. Plötzlich überholte uns ein älterer Jugendlicher. Den hatte ich noch nie gesehen. Weder auf der Dorfstraße zur Schule, noch in unserem Schulgebäude. Leichtfüßig schwang er gekonnt seine schwarzledernen Kufenstiefel. Er fuhr mal rückwärts, mal vorwärts über das Eis. Das imponierte mir. Der junge Mann machte vor mir eine halbe Drehung, sodass ich sein Gesicht zu sehen bekam. Er strahlte mich an mit seinen braunen Augen und er lächelte mir zu. Zum Glück wusste ich bereits, dass die Röte, die mir in mein Gesicht stieg, wegen meines braunen Teints nicht zu sehen war. Trotzdem war ich verlegen.

Auf Nikos Kopf wuchsen blonde Haare. Sie waren lockig und schulterlang. Der Fahrtwind hatte sie aus seinem Gesicht geweht. Mir gefiel sein Profil. Niko besaß eine gerade Nase und eine hohe Stirn. Ein unbekanntes Gefühl wuchs in mir, nachdem er mich so intensiv anblickte. Es fühlte sich sehr angenehm an. Unsicher wie ich jetzt war, sah ich zu Annabell. Dabei erhaschte ich ihren Blick, der sich mit dem des Jungen kreuzte. Schnell wurde mir klar, dass meine damalige Schulkameradin und der Fremde sich kannten.

Es stellte sich heraus, dass ihre Mütter miteinander befreundet waren und Annabell dafür Sorge tragen wollte, mir ihren in mich verliebten Nachbarn Niko vorzustellen.

Oft hatte er mich zur Schule gehen sehen und war neugierig auf mich geworden, erzählte mir Annabell, als wir schon auf dem Weg nach Hause waren.

Das hatten die beiden ja gut eingefädelt.

Annabell fuhr mit mir noch die halbe Fläche des Eislaufplatzes weiter, bis sie mir mitteilte: Sie müsse für kleine Mädchen. Sogleich platzierte sich Niko neben mir zur rechten

Seite und fuhr weiter. Sein Lachen fand ich besonders sympathisch. Damit konnte er mich, die selten herzhaft gelacht hatte, regelrecht anstecken. Meine Schüchternheit hielt ihn auch nicht davon ab, mit mir auf dem Eis flotter vorwärtszukommen. Und ehe ich mich versah, nahm er meine Hand in die Seine und zog mich in einem schnellen Tempo mit sich mit. Ich fühlte mich wie im siebten Himmel. So viel Spaß hatte ich schon lange nicht mehr. Annabell hatte sich inzwischen zu einer Gruppe Jugendlicher gesellt. Sie waren miteinander befreundet. Sie und ich trafen uns erst wieder, als wir gemeinsam den Weg zurück nach Hause antreten wollten. Niko und ich verabschiedeten uns mit dem Versprechen, dass wir uns schon bald ein weiteres Mal wieder sehen werden. Um in der Zwischenzeit die Verbindung aufrecht zu erhalten, wurde Annabell unsere zuverlässige Postbotin. So gab es für Niko und mich kein Hindernis miteinander zu kommunizieren.

Mit fünfzehn Jahren hatte ich nun meinen ersten Freund. Ich hätte Bäume ausreißen können, so glücklich wie ich war. Ich war verliebt bis über beide Ohren. In aller Heimlichkeit trafen wir uns jedes Wochenende. Das war möglich, weil Frau Mechthild uns Mädchen erlaubte, in diesem Zeitabschnitt unsere Verwandten aufzusuchen. Die Stadt in der Oma mit Robert und Poldi wohnte, lag nur sechs Kilometer vom Haus Buchengrund entfernt. Nur eine Haltestelle fuhr man mit der Bahn, da bot es sich an, trotz gestörtem Familienverhältnis, jede Woche in meine Heimatstadt zu fahren. Mein Bauchgefühl sagte mir, dass es besser sei, über Niko zu schweigen.

Niko und ich bummelten am liebsten im Wald. Wie ich liebte er es sich in der Natur aufzuhalten. Außerdem waren wir dort sicher, keinem zu begegnen, der mich kannte. Die Nachbarn waren am Wochenende mit Kaffeekränzchen und Besuchen ihrer Verwandten und Freunden beschäftigt. Unbeschreiblich empfand ich mein Glück, wenn ich in Nikos Armen lag, auf einer Parkbank, die von Bäumen umgeben, auf einen kleinen Hügel stand. Niko war der erste Mensch, zu dem ich sehr schnell ein tiefes Vertrauen fasste und zum ersten Mal fühlte ich mich liebevoll in die Arme genommen. Nach einigen Spaziergängen kam einmal sein Gesicht meinem sehr nahe. Den ersten Kuss aber fand ich abscheulich. Nichtsahnend benetzte Niko meine Lippen mit seiner Zunge, die sich dann in meinen Mund stahl. Erschrocken zog ich meinen Kopf zurück und wischte meinen Mund mit meinem Handrücken ab. Er lachte, drückte mich und streichelte über mein Gesicht. Bei einem nochmaligen Versuch ergab ich mich ihm und erlebte eine wunderbare Leidenschaft. Es blieb beim Küssen, denn ich war nicht bereit, weitere Erfahrungen zu machen. Uns Mädchen wurde eingebläut, dass nur eine Jungfrau den richtigen Ehemann bekäme. Und eines Tages wollte ich ja eine Familie haben und nicht in meiner Mutters Fußstapfen treten.

Niko akzeptierte meine Zurückhaltung und machte keine Anstalten, mich zu weiteren neuen Erfahrungen zu drängen. Er benahm sich rücksichtsvoll, wodurch ich ihm immer mehr vertraute. Wenn wir uns trafen, nannte er mich zärtlich Wammerl[1], bezogen auf mein Mischlingsdasein. Ich fühlte keinen Groll ihm gegenüber, weil ich in ihn verliebt war und weil ich wusste, dass bei dieser Bezeichnung keine beleidigende Absicht dahintersteckte.

Frau Mechthilde erfuhr von unserem Techtelmechtel. Ich hatte mein Geheimnis einer Kumpanin anvertraut, nachdem sie mir von ihrem Flirt mit einem Siebzehnjährigen vorgeschwärmt hatte. Da ließ es sich doch nicht vermuten, dass ausgerechnet sie, die nach ihren Erzählungen mit dem Jugendlichen geschlafen hatte, mich verraten würde. Ich aber war noch immer sexuell desinteressiert, ganz anders als manche Kameradinnen in meinem Alter. Die Nähe zu meinem Freund endete mit einem Kuss. Mehr wollte ich nicht. Das aber glaubte mir Frau Mechthilde nicht. Sie quälte nur ein Gedanke: ich könne

---

[1] Wammerl ist ein mit Fleisch durchwachsener Bauchspeck mit brauner Kruste

schwanger werden. Um Himmelswillen, das durfte nicht passieren!

Und da sie beabsichtige, davor mich zu bewahren, verbot sie mir, in den Sommerferien nach Hause zu meinen Verwandten zu fahren. Ich durfte auch nicht die Friseurlehre in meinem Heimatort beginnen, obwohl mir schon eine Lehrstelle zugesichert worden war und ich im September anfangen sollte.

Frau Mechthilde hatte, das Jugendamt davon überzeugt, mich in eine Jugendunterkunft unterzubringen, erzählte sie mir. Mit welcher Begründung ihr das gelang, wusste ich zu diesem Zeitpunkt nicht. Wieder wurde ich von der Fürsorge nicht gefragt. Ich glaubte, dass sich kein Mensch für meine Gefühle und mein Werden interessierte. Ich kam mir wie eine Fracht vor, die man nach Belieben von A nach B schickt - wohin man sie eben haben wollte. Man schob mich ab in das Jugendhaus, das weit genug weg von meinem Freund war.

Es war Mitte August, als ich von der Jugendfürsorge abgeholt und in die Region

Oberpfalz, im Norden von Bayern, gefahren wurde. Zuvor aber waren jeder meiner Schritte überwacht worden. Ich durfte die Wiese vor dem Haus Buchengrund nicht mehr betreten und nicht in die Nähe des Zaunes gehen, um mir nicht die Gelegenheit zu geben, Niko eine Nachricht zukommen zu lassen. Die Freundschaft mit ihm war dadurch abrupt beendet worden. Ich wurde in ein Kloster transportiert, das sich leider, tatsächlich als Erziehungsheim entpuppte.

Frau Mechthilde hatte mir nämlich zugesichert, dass ich in eine Jugendunterkunft gebracht werde, für Mädchen, die kein Zuhause haben. Nach ihrer Behauptung wollte meine Oma mich nicht bei sich zu Hause haben. Allerdings war für mich diese Aussage glaubwürdig, denn nach meiner Erfahrung mit Omas Meinung über Frauen, kam sie nicht von ungefähr. Des Öfteren wiederholte sie, dass Knaben ihr lieber seien als Mädchen. Sie begründete es damit: „Kerle tragen Kinder außer Haus und Mädchen bringen den Balg nach Hause!“ Nun, das erlebte sie mit meiner

Mutter bei sich zu Hause. Sie machte die Erfahrung, dass sie von anderen Menschen diskriminiert und verurteilt wurde. Auch litt sie selbst unter Vorurteilen.

Zu meiner Mama konnte ich auch nicht ziehen, da sie außerhalb der elterlichen Unterkunft keine Wohnung besaß und sich immer wieder, diesmal jahrelang, in einer Psychiatrie aufhielt. Es war undenkbar, dass es mir unter solchen Umständen zu Hause wohlergehen würde, versuchte Frau Mechthilde mich zu überzeugen. Das Friseurhandwerk könne ich auch in der Ortschaft, wo ich hinkäme, erlernen. Und ja, ich dürfe ungehindert in das Dorf gehen, schließlich sei ich dort in meiner neuen Unterkunft nicht eingesperrt, war die Antwort auf meine Frage.

Fremde 2017

Nonnenflut

Die Vorbehalte mir gegenüber brachten mich nach zwei Jahren Kinderheimaufenthalt schließlich in ein Heim für alleingelassene Jugendliche. Dort hatte ich Zeit, mich der Reihe nach an Vergangenes zu erinnern.

Ich fühlte mich wie ein Fremdkörper, der weder zur Klostergemeinschaft noch zur Außenwelt gehörte. Ja, ich fühlte mich verloren, weil ich nicht den Weißen zugeordnet wurde.

Im Kloster war ich die einzige Dunkelhäutige. Unter diesen Bedingungen war es nicht einfach, ein festes Fundament für meine Identität aufzubauen. Man kam meiner Bitte, mir nicht ins Haar zu greifen, meistens nicht nach. Es wurde einfach nicht akzeptiert sondern ignoriert. Einmal führte dies dazu, dass eine Jugendliche mit einem dicken blauen Auge heulend sich in ihrem Schlafzimmer zurückzog, wo auch andere Mädchen ihre

Liegestatt hatten. Mehrmals in Folge hatte sie ungefragt in mein Haar gegriffen, obwohl ich sie vorwarnte, ihr eine Ohrfeige zu verpassen, wenn sie nicht aufhöre. Trotz dieser Tat wurde ich nicht an den Pranger gestellt, man verstand meine Handlung sogar. Nicht aber, dass ich mich mit fünfzehn Jahren, verlieben kann.

Eine Woche war ich schon hier und wunderte mich, dass ich nicht in das Dorf durfte um mich bei einer Friseurstelle zu bewerben. Kurz darauf musste ich erkennen, dass nichts von all den Versprechungen eingehalten wurde. Leider entpuppte sich diese neue Unterkunft, als ein Heim für unerziehbare Kinder – ein Erziehungsheim! Erfahren habe ich das, von einer Mitbewohnerin, die drei Jahre älter war als ich. Während wir beide in der Gärtnerei des Klosters Buschbohnen pflückten zeigte ich mein Erstaunen über das Fehlen einer Lehrlingsstelle, die mir doch zugesichert worden war. Das Mädchen hörte mir geduldig zu. Meine Verwunderung über das eigenartige Leben in dieser klösterlichen Unterkunft, schien sie zu amüsieren. Ihr breites Grinsen.

machte mich stutzig, denn ich dachte, sie spotte über mich. Als ich aber weitere Eigentümlichkeiten des Klosters ihr aufzählte, konnte sie nicht mehr an sich halten und fing schallend zu lachen an. Keines der Mädchen, auch mit zwanzig Jahren, durfte nämlich ein eigenes Zimmer bewohnen oder die Stätte ohne Nonne verlassen. Wenn wir die Wohngruppe betraten, wurde hinter uns die Eingangstüre zugesperrt. Die Schwestern zensierten auch unsere Briefe und Pakete, womit ich gar nicht gerechnet hatte. Ich wusste jetzt, was Zensur bedeutet. Mich betraf das aber nicht, mir wurde ohnehin nichts geschickt, bis auf Nikos Postkarte, die er von seinem Urlaubsort in der Oberpfalz mir zugesendet hatte. Die Mitinsassin fragte mich: „Weißt du nicht, dass du in einem Erziehungsheim gelandet bist?“

Ich wusste es natürlich nicht.

Ich kam mir vor wie eine Idiotin und zum ersten Mal machte ich Pläne, aus dem Kloster zu fliehen. Erst recht, als ich am darauffolgenden Tag gezwungen wurde, mir von einem Arzt meine Jungfräulichkeit untersuchen zu lassen. Ich fühlte mich beschämt und erniedrigt, weil der mir zwischen meine geöffneten Schenkel schaute und befingerte, obwohl ich das nicht wollte. Natürlich war ich noch eine Jungfrau, welches meine Gruppennonne sehr verwunderte. Ich habe es von ihrer Mimik ablesen können. Denn sie stand im Untersuchungsraum ganz nah bei mir.

Als ich sie nach meiner Entlassung einige Jahre später besuchte, erfuhr ich von ihr, dass Frau Mechthilde diesen Grund angegeben hatte. Denn so einfach war es nicht, ein junges Mädchen in ein Erziehungsheim zu unterbringen. Es bedurfte einer überzeugenden Begründung.

Die Lüge, sie hätte mich mit einem Jungen hinter einem Gebüsch aufgespürt, war die Rechtfertigung, mit der Frau Mechthilde mich schnellstens vom Haus Buchengrund entfernen konnte. Es war nicht schwer, das Jugendamt mit dieser Unwahrheit zu überzeugen. Denn Mechthilde war eine angesehene Person, der man alleinstehende Kinder anvertraute, während ich der Sprössling einer unverheirateten Mutter war und mir sexuelle Frühreife gerne angedichtet wurde. Mein Groll gegen diese Frau schwebte über ihr und es tat mir nicht Leid, dass sie ein Jahr danach an Krebs gestorben war.

Dieses Lügengespinst brachte mich nicht nur in ein Erziehungsheim, sondern ich wurde um meine erste Liebe betrogen.

Zurück zu dem Mädchen, das mit mir die Bohnen pflückte.

Als ich ihre Verwunderung über mein Unwissen hörte, spürte ich, wie meine Augen größer wurden. Ich fragte mich: warum es Menschen gibt, die so maßlos lügen können. In mir brodelte es. Die Wut kochte in mir hoch: Genug ist genug!

In mir hatte man die Revoluzzerin erweckt. Ich wurde frech, provozierte und schwänzte die mir aufgetragenen Arbeiten immer öfter. Das Klostergelände war groß genug, um sich dort verstecken zu können. Die schlechten Noten, mit denen ich für meine Arbeitsmoral und meinem Betragen allwöchentlich bedacht wurde, waren mir schnurzegal. Mit dem wenigen Geld, das wir für unsere Tätigkeit bekamen, hätte ich wie die anderen nur Zigaretten kaufen können. Mir reichte das wenige Geld für eine Packung Zigaretten nicht, so schnorrte ich bei den Mädchen einen Glimmstängel, den sie mir auch bereitwillig gaben.

Entschlossen suchte ich nach einem Konzept, um fliehen zu können. Dabei fiel mir der Hund des Gärtners ein. Wieder war es ein Schäferhund.

Schäferhunde schienen meine Glücksbringer zu sein.

Er war dazu abgerichtet worden, keinen Menschen außer dem Gärtner, seinem Herrn, an sich vorbeizulassen. Dazu wurde er vor der einzigen Türe, durch die man ins Dorf gehen konnte, angekettet. Sie wurde nicht zugeschlossen, denn keines der Mädchen war bisher geflohen. Die über drei Meter hohe Mauer, die das Klostergelände umgab, verhinderte eine Flucht. Kein Busch oder Baum stand in ihrer Nähe, worauf man hätte klettern und einen Sprung in die Freiheit wagen können. Das Besondere war, dass das kleine Grundstück des Gärtners nicht von einer Schwester kontrolliert wurde. Dafür sorgte eben dieser Schäferhund, dem sich die Mädchen nicht zu nähern traute. Ich aber schon.

Einige Wochen zuvor hatte ich mich mit Speiseresten und meiner beruhigenden Stimme mit Arco angefreundet. Das konnte ich, weil er in unregelmäßigen Abständen von seinem Herrn von der Kette gelassen wurde. Und während ich Bohnen pflückte, gesellte er sich gerne zu mir.

Wenn es mir möglich war, zeigte ich ihm die Käsescheibe, die ich während des Frühstücks in meine Hosentasche gesteckt hatte und hielt sie dann unauffällig vor seine Schnauze - ich durfte ihn streicheln. Meist war Arco vor dem einzigen unverschlossenen Ausgang des Klosters angekettet, vor der Hundehütte, aalte er sich gerne in der Sonne. Das hielt mich aber nicht zurück, ihn trotzdem heimlich zu streicheln. Arco erlaubte es mir und ich hatte vor ihm keine Angst. Keines der Mädchen konnte an ihm vorbeigehen, ohne die Gewissheit zu haben, sein Gebiss in den Beinen oder den Hintern zu spüren. Ich aber war mir gewiss, dass er mir niemals etwas antäte.

An einem Sonntagmorgen machte ich mein Vorhaben wahr. Alle gingen zur Sonntagsmesse in die Klosterkirche. Ich war das Schlusslicht der zirka einhundert Mädchen und bei der nächsten Gelegenheit versteckte ich mich in einer Nische am Ende des

Treppenhauses. Es war keinem aufgefallen, weil ich ohnehin den Schlendrian herauskehrte. Alle waren weitergegangen, ohne sich einmal umzudrehen. Sonntagsmorgens blieben die Haustüren offen. Alle Mädchen sollten in die Kirche gehen und nach der Messe ungehindert zurück in ihre Gruppe gehen können. Als ich mir sicher war, dass es außer mir keinen Nachzügler gab, verließ ich mein Versteck und lief zur Gärtnerei. Wissend, dass auch der Gärtner und seine Frau zur Kirche gegangen waren. Arco ließ die Sonnenstrahlen seinen Pelz wärmen. Als er meine nahenden Schritte wahrnahm, hob er neugierig seinen Kopf, spitzte die Ohren und stand sogleich auf. Ich sprach leise, ruhig und freudig, bückte mich leicht zu ihm vor und hielt eine Käsescheibe in die Richtung seiner Schnauze. Etwas mulmig fühlte ich mich dann doch, denn jetzt war ich mir nicht mehr sicher, dass er mich nicht beißen würde, wenn ich an ihm vorbeiginge. Er hing an der Kette - Wolfi fiel mir ein. Ich überwand meinen Anflug von Angst und nahm allen Mut zusammen, um an Arco vorbeizugehen.

Schließlich wollte ich türmen. Arco muss mein Vorhaben erahnt und mich verstanden haben, denn er gab keinen Laut von sich. Er ließ auch meine Wade in Ruhe und zeigte mir mit seinem wedelnden Schwanz, dass ich keine Angst vor ihm haben musste. Dieser Hund hatte wohl meine Liebe zu Schäferhunden erschnüffelt. Ohne einen Zwischenfall konnte ich zur Eisentüre gehen, als würde er mir bei meinem Fluchtversuch noch helfen wollen. Ich öffnete das unverschlossene Tor und zog es hinter mir wieder zu. Die ganze Luft roch nach der gewonnen Freiheit. Ich atmete tief durch und ging schnurstracks in die Richtung, wo ich die Autobahn vermutete. Es herrschte Stille im ganzen Dorf, deshalb, weil in der Ortschaft die Dorfkirche und am Rande des Dorfes die Klosterkirche stand. Nach etwa einer Stunde Fußmarsch, erreichte ich die Autobahneinfahrt. Ich scheute mich auf der Landstraße meinen Daumen zu heben. Der Wille war da, den ersten Versuch zum Trampen zu wagen. Doch traute ich mich noch nicht, bis mir klar wurde, dass die ganze Strecke, zurück in meine Heimat, zu Fuß zu beschwerlich wäre. Zu viele Gefahren lauerten, dachte ich und wollte sie umgehen. Also hielt ich beim nächsten heranfahrenden Auto meinen Daumen hoch und streckte ihn aus, so dass er nicht zu übersehen war. An diesem Tag war mir das Glück beschieden. Schon das erste Auto, ein weißer Mercedes, hielt neben mir an. Ich stand in der Einfahrt eines Feldweges und freute mich darüber im Auto ein elegant bekleidetes älteres Ehepaar zu sehen. Dieser Anblick vermittelte mir Zuversicht, schadlos weiterzukommen.

Die Dame auf dem Beifahrersitz hatte das Fenster herunter gekurbelt und mich nach meinem Ziel gefragt: „wohin möchtest du denn“?

Freundlich stellte ich eine Gegenfrage: „Wohin fahren Sie?“

„Nach München!“

Halleluja – ich hatte in den Jackpot gewonnen. Ich stieg zu dem Paar ein und fühlte mich die ganze lange Fahrt sicher. Wir kamen abends in

München an. Inzwischen war die Sonne untergegangen wodurch bei der Frau Sorge aufkam, dass mir zu dieser späten Stunde etwas passieren könne. Sie bat ihren Mann weitere fünfzig Kilometer zufahren, damit ich sicher nach Hause käme. Ohne ein Wiederwort zu geben, kuppelte er und fuhr los.

Meine Oma war erstaunt, als ich ohne Vorwarnung vor ihr stand. Sie war gerade dabei ins Bett zu gehen. Ihre Müdigkeit ersparte mir Fragen, die sie mir aber am darauffolgenden Tag stellen wolle. Mir war es recht und ich bat sie, mir noch eine kleine Abendmalzeit machen zu dürfen. Denn ich hatte den ganzen langen Tag noch nichts gegessen.

Die Freude über meinen Glückstag und die gewonnene Freiheit hielt leider nur die Nacht an. Schon früh am Morgen stand die Frau vom Jugendamt, vor dem Haus meiner Großmutter. Sie klopfte an der Türe, öffnete sie sogleich und trat langsam in die Wohnküche. Meine Oma, stand jetzt vor einer weiteren

Überraschung, doch konnte sie sich ihre Fragen sparen. Ich wurde aufgefordert, nach dem Frühstück, eine Bahnkarte zu kaufen und zurück zu dem Heim zu fahren, von dem ich weggelaufen war. Dafür bekam ich das nötige Geld von der fremden Frau. Ich erkannte durch diese Großzügigkeit, dass man mir letztendlich vertraute und so fuhr ich ohne Murren zuverlässig am Vormittag wieder zurück.

Als ich dann abends von der Pfortenschwester zu meiner Gruppe geleitet wurde, stand ich vor unser Gruppennonne, die mir nur die eine Frage stellte: „Wie gelang es dir, die Klosteranlage zu verlassen". Ich verriet Arco nicht, sondern witzelte und bezichtigte mich, eine Hexe zu sein: „ mit einem Besen flog ich über die Mauer!"

Natürlich glaubte sie mir nicht. Aber sie schmunzelte und ließ mich, trotz dieser unbefriedigenden, aber witzigen Antwort, ungestraft zurück in die Mädchengruppe gehen. Diese Nonne mochte ich sehr, denn die besaß wenigstens einen Humor, im Gegensatz zu den anderen. Trotzdem wünschte ich, dass ich diesen Ort so schnell wie möglich wieder verlassen durfte.

Ich musste nicht die Jahre bis zum einundzwanzigsten Lebensjahr dort leben, wie es anderen geschah. Nach einem Jahr Aufenthalt boten sich Psychologen an, mich bei sich aufzunehmen. Denn meine inzwischen aufgestaute Wut hatte sich zu einer Raserei entwickelt.

An einem Tag im August lief alles schief, was schief laufen konnte. Ich war frustriert, weil ich in die Wäscherei abkommandiert war und nur noch im Haus hinter den verschlossenen Türen arbeiten sollte. Obwohl ich nach meiner Flucht schon ein halbes Jahr ohne einen weiteren Vorfall mich im Kloster aufhielt, misstraute man mir. Ich weigerte mich, in der Wäscherei, meine aufgetragene Arbeit zu erledigen, weil bei herrlichem Sonnenschein die Rollläden am Fenster heruntergefahren wurden. Für die ausreichende Beleuchtung wurde mit elektrischem Licht gesorgt.

Ich aber, stimmte diese Entscheidung der Nonne nicht zu und zog alle Rollos wieder hoch. Drei Mal spielte sich dieses hoch - und herunterziehen der Jalousien zwischen der Nonne und mir ab, bis ich in die Hühnerschlachterei delegiert werden sollte.

Den Hühnern zukünftig die Kehle aufzuritzen war jenseits meiner Vorstellung. Da weigerte ich mich vehement. Ich nahm Reißaus und drängte mich an einer völlig überraschten Nonne, die meinen Weg kreuzte, vorbei. Rennend überquerte ich das Klostergelände und konnte überraschenderweise die Eingangstür des Hauses, worin sich meine Gruppenwohnung befand, öffnen. Diese wurde gewöhnlich, wenn wir zur Arbeit gingen, hinter uns zugeschlossen. Ich warf sie hinter mir zu. Die zugeknallte Tür machte sich im Haus laut bemerkbar. All meinen Frust ließ ich an den Pflanztöpfen aus, die das ganze Treppenhaus zierten. Meine Füße boxten sie die Treppen hinunter, ich achtete nicht darauf, ob es sich um besondere Pflanzen handelte. Vom zweiten Stock bis in das Parterre, lag die

Erde, mit all den zertrümmerten Terrakotta-Kübeln auf den sauber gepflegten Stufen, verteilt. Mir war alles egal. Aber der Vulkan in mir war noch nicht erloschen. Da kam ein Mädchen aus meiner Gruppe, die wie ich sechzehn Jahre alt war, die ersten Stufen hochgegangen. Sie wollte an mir vorbeigehen. Nur hatte sie mich, nach meinem Empfinden, schräg angesehen. Das Mädchen kam mir gerade recht. Die hatte ich ohnehin schon auf dem Kieker. Ich war eifersüchtig auf sie, weil ich dachte, dass sie mir vorgezogen wurde. Sie durfte nämlich gleich in der ersten Woche ihres Heimaufenthaltes in Begleitung unserer Gruppenschwester in die Stadt, was uns anderen verwehrt wurde. Selbst nach einem halben Jahr Aufenthalt, durfte ich nicht wie andere das Dorfpflaster unter meinen Füßen spüren. Außerdem besaß das Mädchen ein Aquarium, was keinem von uns anderen Insassen erlaubt worden war.

Ich peilte sie an, obwohl unsere Erzieherin im Treppenhaus, in der unteren Etage, hörbar die Stiegen hochkam. Das Mädchen wusste nicht wie ihr geschah, als ich anfing sie zu verprügeln. Sie hatte aufgrund meines Überraschungsangriffes keine Chance.

Inzwischen war die Nonne herbeigeeilt und versuchte uns zu trennen. Erzürnt schlug ich weiter auf dieses Mädchen ein, bis mir der von Blut befleckte Habit der Nonne, ins Auge fiel. Ich hatte dem Mädchen seine Nase getroffen. Ich hielt inne und ließ von dem Mädchen ab, denn mir war klar geworden, dass es gefährlich war, jemanden so zu behandeln

Die Nonne verpasste es, mich festzuhalten, so irritiert war sie. Solch einen Ausraster von mir kannte sie nicht. Flugs lief ich die Treppen hinunter, um mein Zerstörungswerk fortzusetzen. Zwei Etagen tiefer stieß ich mit weiteren Fußtritten die restlichen Pflanzenkübel die Treppen hinunter. Ich habe alle Pflanzen zerstört.

Mein freier Wille war, dass ich drei Tage darauf, nichts mehr aß und trank und das Schlafzimmer nicht mehr verließ. Ich unterbrach meinen Zimmeraufenthalt nur, wenn ich zur Toilette ging. Worte gingen mir auch nicht über die Lippen, ich ergab mich der Gleichgültigkeit.

Die Mädchen aus meinem Schlafzimmer wurden bis auf eines, das älter war als ich und mit der ich mich ansonsten sehr gut verstand, in andere Zimmer verlegt.

Sie hieß Berta und versuchte mit viel Geduld meine Zunge zu lösen, denn ich hatte drei Tage lang das Essen verweigert und nicht gesprochen. Sie schaffte es nicht. Nur die Nonne lockte Wörter aus mir heraus, als sie am vierten Tag das Zimmer betrat und mich überredete mit ihr in den Gemeinschaftsraum zu gehen. Sie schaffte es mich weichzukochen und setzte mich an den Spieltisch, worauf das Monopoly, damals mein Lieblingsspiel, stand. Die Schwester setzte sich mit Berta zu mir und wir spielten das Spiel, bis ich keine Lust mehr hatte.

Gedanken gingen durch meinen Kopf und ich war felsenfest davon überzeugt, dass ich in Kürze weggebracht werden würde. Während des Spielens hatte ich eine Vision: „Ich werde in ein kleines Haus gebracht, weg vom

Kloster, zu mir unbekannten Leuten". Die Schwester beschwichtigte mich und konnte gar nicht glauben, was ich in die kleine Runde sagte. Trotzig erwiderte ich ihr: "Vielleicht passiert es schon morgen!"

Tatsächlich geschah es, dass ich einen Tag später vor die Wahl gestellt wurde: entweder in einer Psychiatrie zu landen (vielleicht wäre ich meiner Mutter eine willkommene Nachbarin geworden) oder dem Angebot, den mir noch unbekannten Psychologen zu folgen. Meine Gruppenschwester kannte diese zwei Menschen persönlich.

Für die Psychotherapeuten verbürgte sich die Nonne vor der Äbtissin und dem Jugendamt, also nahm ich dieses Angebot an. Ich wurde noch am selben Tag zu den Therapeuten gebracht.

Dem Mädchen, die ich schlug, möchte ich sagen, dass ich den Vorfall aus tiefsten Herzen bedaure. Denn nicht sie, sondern das Unvermögen der Erzieherin, uns Mitgefangene nicht einzuweihen, hatte für böses Blut gesorgt und keine Einsicht zur Folge gehabt. In uns keimte der Neid, weil wir alle annahmen, dass dieses Mädchen uns vorgezogen wurde. Leider war sie krank und musste an jenem Tag einen Arzt aufsuchen. Und ihre Fische, die sie schon bei sich zu Hause besaß, sollten im Heim ihre Begleiter sein.

Freudestrahlen 2021

Es gibt für mich doch eine Zukunft

Am Tag des Abschieds wurde ich von zwei mir Bekannten abgeholt. Inzwischen waren sie älter geworden. Doch sie hatten sich kaum verändert.

Die Frau trug noch immer den knallroten Lippenstift, der Mann hatte ein bisschen zugenommen. Ein schwarzer Mercedes stand im Hof des Klosters und wartete auf mich. Diesmal stieg ich freiwillig ein. Wir fuhren los.

„Macht es ihnen Spaß, mich von einem Ort zum anderen zu fahren?“, fragte ich den Mann etwas angriffslustig.

Die Frau ließ ich links liegen.

Seine Augen im Rückspiegel zeigten sich überrascht auf meine Frage hin. Ich konnte beobachten, wie es dem schwarzen Mann langsam dämmerte, wen er vor sich hatte –

er hatte mich nicht vergessen, doch er verlor kein Wort an mich.

Die ganze Fahrt war ich gelangweilt und ich machte mir keine Gedanken darüber, was jetzt mir bevorstand.

„Um Himmels Willen, zieh deine Hand zurück!“, schrie eine Frau hinter dem großen Zaunlattentor, das die Einfahrt versperrte. Noch stand sie neben der geöffneten Eingangstür des herrschaftlichen Wohnhauses, weit genug vom Zaun entfernt um den Hund zurückhalten zu können.

Gleichgültig hatte ich meine Hand durch den Zaun gesteckt.

„Soll er mich beißen –ist mir egal“, dachte ich, als ein großer schwarzer Hund schnell zu mir gelaufen war. Doch er begrüßte mich, indem er meine Hand leckte. Die Deutsche Dogge biss also nicht in meine Hand, die ich ihr furchtlos entgegenstreckt hatte. Die Frau entspannte sich.

Das Tor wurde elektrisch geöffnet. Sie ließ zu, dass mich der Hund ins Haus begleitete und sich zu meinen Füßen hinlegte, als ich mich im Wohnzimmer, auf die mir zugewiesene Coach, platzierte. Die Frau vom Jugendamt und die Psychologen, inzwischen hatte der Psychotherapeut sich hinzugesellt, tauschten ein paar Worte aus.

In dieser Unterkunft lernte ich zwei junge Erwachsene, eine Haushaltshilfe und einen Studenten kennen, die gleichfalls von den Psychologen betreut wurden. Sie mochten mich und verurteilten mich nicht. Schon am ersten Tag meines Aufenthaltes in diesem Haus habe ich wieder Geschmack am Essen gefunden. Wir alle saßen am Tisch im Esszimmer und plauderten während wir aßen. Auch das war mir neu, denn im Heim galt der Spruch; Der Vogel zwitschert nicht während er frisst. Ich hielt meinen Mund, doch interessierten mich die Themen, über die gesprochen wurde. Die Freundlichkeit dieser Menschen mir gegenüber und ein elektronisches Wecksystem, das als Auflage meiner Matratze diente, sorgten schon in einem Monat für eine immerwährende Betttrockenheit. Besser konnte es mir nicht ergehen. Ich war so froh, endlich mein Problem habhaft im Griff zu haben und, dass es auf Nimmerwiedersehen verschwand. Und ich war glücklich von Menschen, die mich kaum kannten, verstanden und nicht verurteilt zu werden.

Trotz weiterer Beschimpfungen und Missachtung außerhalb dieser schützenden Stätte weinte meine Blase nie mehr. Ich fühlte mich wie neugeboren, weil ich in mir Festigkeit empfand. Mein Leben hatte für mich eine neue Dimension erreicht, obwohl ich zuvor oft daran gedacht hatte, meine Zuversicht aufzugeben. Es kann doch sinnvoll sein, nie den Glauben an sich und an wohlgesonnene Menschen zu verlieren.

Ein Jahr lebte ich glücklich und zufrieden in diesem Einfamilienhaus. Außerdem bot mir das Ehepaar an, bei ihnen per Fernstudium die mittlere Reife und daraufhin das Abitur nachzuholen. Es schmeichelte mich, dass es Menschen gab, die mir diesen Abschluss zutrauten. Doch hatte ich kaum Zeit darüber nachzudenken, denn dem Jugendamt wurden nach einem Jahr Aufenthalt die Bezahlungen an die Psychologen zu teuer und so entschied es sich, mich mit siebzehn volljährig zu schreiben. Obwohl man in der damaligen Zeit erst mit einundzwanzig Jahren als erwachsen galt.

Die erwartete Zustimmung von meinen Betreuern erhielt das Amt prompt, nachdem das Therapeutenpaar laut ihren Erzählungen sich ein bisschen dazu genötigt fühlte. Sie wollten mir eigentlich etwas mehr Zeit für meine Weiterentwicklung geben, bis ich noch fester im Sattel saß. Ich entschied mich weitere Schulbildungen ad acta zu legen. Die Unsicherheit war wieder zu mir zurückgekehrt.

Außerdem war für mich der Aufwand unbezahlbar.

Als ich erfuhr, dass ich bei meinen liebgewonnen Betreuern nicht mehr wohnen durfte, bekam ich zu anfangs ein mulmiges Gefühl. Ich hatte keine Ahnung von der Lebensführung, die von mir jetzt erwartet wurde. Der einjährige Aufenthalt bei den Psychotherapeuten war zu kurz, um die Realität des Lebens in der Draußenwelt zu verstehen. In den Heimen wie auch bei den Pflegeleuten wurde ich nicht zur Selbständigkeit erzogen. Mit Behörden und Banken umzugehen, war mir völlig fremd.

Trotz meiner Verunsicherung freute ich mich auf meinen unbekannten Weg, auf die netten Leute, die mir ein neues Zuhause anboten und auf das möblierte Zimmer, in dem ein kleiner Schreibtisch, ein schmaler Kleiderschrank und ein achtzig Zentimeter breites Bett stand. Das Bett sorgte für einen gesunden Schlaf und ich war begeistert, es morgens in der Früh, ohne Schrecken zu verlassen. Ich war geheilt!

Wenn ich zu Hause war, hielt ich mich nur in meinem Zimmer auf, außer, wenn ich am Wochenende zum Mittagessen von meinen Vermietern gerufen wurde. Ich hatte sonst die Auflage den restlichen Wohnraum, außer dem Badezimmer, nicht zu betreten. Mir war es recht. So konnte ich meine Erlebnisse des Tages, wunderbar hinter dem Berg halten, denn ich zog Introvertiertheit dem Herzausschütten vor. Die Miete und das wenige Essen, zahlte ich von meinem Lehrlingsgehalt. Optimistisch hatte ich mich bei einem Friseurmeisterehepaar vorgestellt und um eine Lehrstelle gebeten. Sogleich wurde mir die Stelle zugesagt und ich fing den darauffolgenden Tag an, die ersten Schritte des Friseurhandwerks zu gehen. Zwei Jahre lang hatte ich dort die Anstellung, bis mein Lehrherr zum Missfallen seiner Frau mich vor allen Anwesenden lobte. Ich hatte ihm meine beste Berufsschulnote, eine Eins, vor seine Nase gehalten. Als seine Frau den Lobgesang ihres Mannes hörte, hörten Ihre Nettigkeiten mir gegenüber unvermittelt auf. Sie wurde in den darauffolgenden Wochen so unerträglich, dass ihr Mann mir empfahl, eine andere Lehrstelle zu suchen. Später erfuhr ich, dass meine Lehrherrin einst selbst ein Lehrling von ihm gewesen war und er wegen ihr sich von seiner ersten Frau scheiden ließ. Offensichtlich befürchtete seine zweite Frau, ich würde jetzt ihre Stelle einnehmen.

Ich zog aus meinem kleinen Zimmer aus, fuhr zurück zu meinem Geburtsort und öffnete die Gartentür zu Großmutters Haus. Bevor ich eintrat, sah ich Onkel Robert vor seinem Auto stehen, der mir winkend zurief: „Magst mich zum Milchholen begleiten“? Ich stimmte zu und setzte mich zu ihm in sein Fahrzeug. Robert fuhr mit mir in eine Nachbargemeinde in der viele, mit Blumen verzierte Bauernhäuser standen. Wir waren schon so weit gefahren, als uns ein großes Schild, worauf „Auf Wiedersehen“ stand, darauf hinwies, dass wir am Ende des Dorfes angekommen waren. Robert bog die nächste Straße links ein und fuhr weiter. Auf weitläufigen Wiesen, neben uns grasten Kühe, die von Elektrozäunen umgeben waren. Eine kleine Allee führte uns an den Wiederkäuern vorbei, hin zum Bauernhof, wo die Bäuerin schon auf Robert wartete. Im Schatten eines Baumes hielt Robert an und stieg aus dem Auto. Ich blieb in seinem Fahrzeug sitzen und wartete auf sein Zurückkommen. Die beiden unterhielten sich. Inzwischen war mein Gesicht durch die wandernden Sonnenstrahlen im Wagen zu sehen. Der Landwirtin fiel erst jetzt mein dunkler Teint auf.

Ich beobachtete, wie sie Robert neckisch mit ihrem Arm anstupfte und hörte was sie daraufhin zu ihm sagte:

„A ganz a Schwarz, a rassige hams do dabei!“ („eine rassige Schwarze haben sie dabei“)

Sie hatte nicht bemerkt, dass das Autofenster heruntergekurbelt war und ich alles mit anhören konnte.

Ihre Lippen entwickelten sich zu einem verschworenen breiten Grinsen.

„Gell, die gehen leicht her", versuchte sie ihre Feststellung mit einem Kopfnicken zu bekräftigen, wartend auf Roberts Zustimmung.

Dieser aber drehte sich kopfschüttelnd von ihr weg und ließ sie buchstäblich im Regen stehen. Zuvor aber hatte er die Bäuerin kurz und knapp über unser Verwandtschaftsverhältnis aufgeklärt. Mit einer leeren Milchkanne ging er dann zurück zum Auto und setzte sich hinein. Zu dieser Stunde stieg meine Achtung gegenüber meinem Onkel und ich fand es belustigend zu sehen, dass das Gesicht der Bäuerin dunkler als eine Tomate angelaufen war.

Verlegen schaute sie ihren verlorenen Kunden hinterher. Der fuhr mit mir zu sich nach Hause, mit der Absicht, bei einem anderen Bauern Milch zu kaufen. Diesen Hof aber suchte er nie wieder auf.

Mit Zuversicht trat ich einen Tag, nachdem ich bei Oma übergangsmäßig eingezogen war, eine weitere Lehrstelle an.

Schon im ersten Monat meiner Lehrtätigkeit, verbarg mir meine Naivität die an mich gerichteten Avancen des neuen Lehrherrn. Seine Frau erkannte sie aber schon. Sobald sie im Geschäft zugegen war, rief sie mich zu sich in die Kosmetikabteilung. Jeden zweiten Tag nahm sie damit ihrem Mann die Gelegenheit, sich mir anzunähern, unterbrach aber auch meine Möglichkeit mir weitere Kenntnisse vom Friseurhandwerk anzueignen. Ich vermute, dass sie die eigentliche Besitzerin des Geschäftes gewesen war, denn nur so konnte sie mir ohne die Einwilligung ihres Mannes kündigen. Ich war noch in der Probezeit, wodurch meine Entlassung beschleunigt wurde. Eine meiner Ex-Kolleginnen erzählte mir, dass mein Lehrherr mir liebäugelte und dass dies seiner Frau aufgefallen war. Davon hatte ich nichts bemerkt! Ich war sogar dankbar, dass er mit mir einen freundlichen Umgang pflegte. Nach meinem Ermessen gab es auch keine Annäherung. Trotzdem ja, die Ehefrauen kennen ihre Pappenheimer – sie hatte ihn durchschaut.

So verlor ich ein zweites Mal meine Lehrstelle.

Einige Wochen später, näherte sich mir gerne der Lehrherr eindeutig, in einer kleinen Diskothek. Jetzt war es mir auch aufgefallen, so wie er mich anstrahlte. Er fing mit mir eine Unterhaltung an, lud mich auf einen Drink ein und entschuldigte sich für das Verhalten seiner Frau mir gegenüber. Er wollte aber mich weiter zu sich nach Hause einladen. Da schrillten bei mir die Alarmglocken. Zudem hatte ich wenige Tage zuvor erfahren, dass seine Frau, in einer Klinik, entbunden hatte. Dankend lehnte ich ab, bezahlte und verließ das Tanzlokal. Viele Jahre später besuchte ich mit meinen drei Kindern ein italienisches Lokal in meiner Heimatstadt. Ich war gerade auf der Durchreise, aber eine gute Pizza wollten wir uns noch genehmigen. Es war

Mittag, und das Restaurant voll von Gästen. Wir hatten Glück und ergatterten einen Tisch für vier Personen in der Nähe der Bar. Ich bestellte die heißersehnten Pizzen und die Getränke und ließ danach meine Augen durch das Lokal streifen, bis sie auf eine mir bekannte Person trafen. Irgendwie musste sie mich erspürt haben, denn sie drehte sich um und sah in meine Richtung. Freundlich hob sie ihr Glas hoch und prostete mir zu. Ich glaubte, ich bin im falschen Film. Es war die ehemalige Lehrherrin, die mich anlächelte und mir ein Zeichen gab, dass sie mich sprechen wolle. Meine Kinder und ich saßen nicht weit von ihr entfernt, also entschloss ich ihr den Gefallen zu tun, aber erst, wenn meine Kinder das Essen bekommen haben.

Neugierig ging ich zu ihr hin, ich wollte wissen was sie mir zu sagen hatte und war überrascht, dass diese Frau sich bei mir entschuldigen wollte, mit den Worten: „Es tut mir sehr leid, Deinen Berufsweg boykottiert zu haben. Verzeih mir. Ich habe mich von meinem Mann getrennt, er hatte allzu gerne den Mädchen hinterhergeschaut. Es würde mich freuen, Dich wieder zu treffen, denn ich weiß, dass Du ein sehr liebes Wesen besitzt. Sorry nochmal!“

Ich hatte nicht vor sie wieder zu treffen, aber ich nahm ihre Entschuldigung an und beschwichtigte sie, indem ich von meiner Familie ihr vorschwärmte. Ich verabschiedete mich und ging zurück zu meinen Kindern und ließ mir die inzwischen abgekühlte Pizza schmecken. Meine Ex-Lehrherrin traf ich niemals wieder.

Ein weiterer Versuch, diesmal in einer anderen großen Stadt meine Lehre weiterzuführen, scheiterte daran, dass mein dritter Lehrherr zwar mich gerne ausgebildet hätte, seine Mutter aber, die Friseurmeisterin und die Eigentümerin des Salons war, den Lehrvertrag nicht unterschreiben wollte. Sie machte keinen Hehl daraus, dass sie mich nicht mochte und von meinesgleichen nichts hielt.

Aufgrund meiner Hautfarbe unterschrieb sie den ihr, von ihrem Sohn gereichten Lehrvertrag nicht. Ich hörte aus dem Büro ein

Säbelrasseln zwischen ihm und seiner Mutter. Mit wenigen Sätzen beendete sie den Streit mit ihrem Sohn: "Solche Typen werden in meinem Salon nicht ausgebildet. Solange mir das Geschäft gehört und ich es noch führe, wird sich auch nichts daran ändern. Ich unterschreibe nicht. Basta!“

Inzwischen war ich neunzehn Jahre alt und ich glaubte nicht mehr daran, das letzte Lehrjahr beenden zu können. Außerdem war das Lehrgehalt so mager, dass ich mir kaum etwas leisten konnte. So legte ich auch kein Geld zur Seite. Ich besaß nichts. Wieder bei meiner Großmutter eingezogen, durfte ich anstelle meines verstorbenen Opas im Ehebett meiner Oma schlafen. Dafür sollte ich ihr, obwohl ich ihr Haus putzte, zweihundert Mark abgeben, mit eingerechnet die Verköstigung, um die ich jeden Tag bitten musste. Dabei aß ich ohnehin nur am Abend der Wochentage bei ihr. Am Wochenende nahm ich das Mittag– und Abendessen zu mir und das Frühstück ließ ich immer ausfallen. Wir stritten uns, da ich sie für mein gescheitertes Leben verantwortlich machte. Das Ende vom Lied war, das ich durch meine Entscheidung, mit ihr zu streiten, auf der Straße landete. Ich kannte keinen Menschen, bei dem ich um eine Bleibe bitten konnte. Die ganze Nacht bis in der Früh lief ich ziellos umher. Mit der Angst, auf einer Parkbank einzuschlafen, bewegte ich mich von einem hellbeleuchteten Ort zum anderen. Ich traute keinem Mann, der mir in der Nacht auf der Straße entgegenkam. Am Tag darauf aber, übermannte mich die Müdigkeit. Auf der Wiese vor einem Fluss, fand ich dann einen geschützten Platz, worauf ich mich zum Schlafen hinlegte. Die Fußgänger, auf der Brücke, konnten mich sehen. So fühlte ich mich sicher unter deren Beobachtung einzuschlafen. Früh am Abend wachte ich wieder auf und auf dem Rückweg in die Stadt blickte mir auf einer Anhöhe der Wald entgegen, indem ich vor Jahren mit meinen ehemaligen Freund Niko spazieren gegangen war. Es war noch hell genug, um den Hügel hoch zu gehen. Ich hielt vor unserer Bank an und setzte mich darauf. Die Erinnerungen an meine erste große Liebe machten meine

Gedanken etwas schwer. Mir fehlten Nikos liebevolle Worte, sein Lachen und seine Umarmungen. Wie mochte es ihm wohl ergehen?

Was für eine Frage, dachte ich zugleich. Niko hatte sich inzwischen ein Mädchen angelacht, die ebenso wie ich ein Friseurlehrling war. Ich hatte es in meiner zweiten Lehrstelle erfahren. Nikos Freundin (damals war ich darüber noch nicht informiert) arbeitete ebenso wie ich in der gleichen Lehrstelle. Sie erweckte von Anfang an bei mir Sympathie. Ich konnte mich kaum retten vor ihrem Schwärmen über ihren neuen Freund und freute mich über ihr Glück, das mir nicht beschieden war. Bis mir eines Tages das Herz mehr als tief in die Hose rutschte. Ihr Freund war ein mir nicht Unbekannter. Er holte sie mit seinem Auto, das er gerade erworben hatte, von unsrer Lehrstelle ab. Ich erfuhr es, indem ich neugierig aus dem Fenster des Friseursalons schaute und sah, dass es Niko war, um den es sich handelte.

Bei dieser Erinnerung stimmte ich auf dem Hügel melancholisch ein Lied ein:

„Es waren zwei Königskinder, die hatten einander so lieb. Sie konnten zusammen nicht kommen, das Wasser war viel zu tief …“

Ja, ich war damals kitschig, naiv und sentimental und hatte meine große Liebe nicht vergessen. Ich sang nicht nur, wenn ich fröhlich war. Meist fing ich zu singen an, wenn ich Trost in meinen Liedern finden wollte. Damit konnte ich mich tränenreich entspannen. Als würde der Tränenfluss meine Trauer wegspülen wollen. Oft wünschte ich Aschenputtel zu sein, deren Wünsche in Erfüllung gehen.

Die Abenddämmerung brach herein. Schnell trat ich aus meinem Traum heraus und lief den Weg zurück, hinunter in die Stadt. Dort betrat ich ein abgedunkeltes Lokal und ging die Wand entlang, auf der mir aufgemalte weiße Pfeile die Richtung zur Toilette wiesen.

Im Toilettenraum machte ich mich etwas frisch und zupfte mein Haar vor dem Spiegel, damit es wieder etwas ordentlicher aussah.

Als ich damit fertig war, ging ich zur Bar. Mit meinem wenigen Geld bestellte ich einen Orangensaft und hoffte, dass mich jemand dazu einladen würde. Ich hatte oft das Glück, dass ich zu einem Drink eingeladen wurde, meist aus Sympathie, welchen mir der Barkeeper entgegenbrachte.

Zu meiner Überraschung lernte ich an diesem Abend einen vertrauenswürdigen, freundlichen Mann kennen. Er sah jünger aus als sein biologisches Alter war. Denn er war zwölf Jahre älter als ich. Der von ihm bezahlte Orangensaft und der Longdrink Wodka-Lemon, lockerten meine Zunge. So erzählte ich diesem dunkelhaarigen Gegenüber von dem Verlust meiner Lehrstelle und dem Streit mit meiner Großmutter und dass ich auf der Straße gelandet war.

Er hieß Andreas und hörte mir stillschweigend zu. Der Tag hatte Schreckliches beschert, aber auch Glück, worauf ich nicht zu hoffen wagte. Nach einer Weile bot Andreas mir ein Zimmer in der Pension seiner Mutter an. Dort durfte ich so lange wohnen, bis sich bei mir zu Hause die Wogen geglättet hätten oder ich mir eine 1-Zimmerwohnung leisten konnte. Ich hielt mich länger in der Pension auf als gedacht, denn inzwischen waren Andreas und ich miteinander befreundet. Andreas stand zu mir und nach vier Jahren Gemeinsamkeit wollte er, dass ich seine Frau werde, ich aber nicht. Ich strebte nach Harmonie. Doch über mir schwebte seiner Mutter Damoklesschwert. Das war für uns keine gute Voraussetzung für eine bis zum Tod währende Verbindung. Zu sehr war er mit ihr verbunden. Man würde ihn ein Muttersöhnchen nennen können.

Andreas Mutter wollte sich mit mir gar nicht so recht anfreunden. Wenn er sich mit mir in ihrer Nähe aufhielt, lächelte sie mich freundlich an und richtete wenige Worte an mich. Befand er sich ohne mich außerhalb ihres Radius, sprach sie kein Wort mit mir - es sei denn sie hatte nach ihrer Ansicht Wichtiges mitzuteilen. Eine Situation vergaß ich nie.

Andreas Mutter und ich saßen im Wohnzimmer und schauten Fernsehen. Es lief die Serie Namens „Roots“

Diese Fernsehserie beschrieb die Sklavenzeit in Amerika nach dem Roman von Alex Haley.

Das brachte Andreas Mutter in Rage und sie behauptete: „alles darin sei gelogen!“ Alle Teile der Serie begleitete sie mit negativen Kommentaren. Und weil ich ihr widersprach, antwortete sie süffisant: „Da, hast du ja dann Glück gehabt. Du besitzt ja auch nicht so dicke Lippen und solch eine breite Nase wie die im Film."

Ich war fassungslos über ihre Aussage. Zudem war es für mich schwer vorzustellbar, dass diese schreckliche Sklaverei in Amerika in unserer aufgeklärten Zeit an einem Menschen unbemerkt vorbeiziehen kann. Doch ich musste noch öfter feststellen, dass es tatsächlich Leute gab, die dieser historisch belegten Sklavenzeit keinerlei Glauben schenken wollten.

Karibisches Getränk

Trotz der Aussichtslosigkeit, dass ich Andreas ein Jawort geben würde, zogen wir gemeinsam nach München. Dort stellte er mich einem mit ihm befreundeten Fotografen vor. Dieser empfahl mir, eine Agentur in der Kunstszene aufzusuchen. Und dafür machte er extra schöne Bilder von mir, die auf viele Set-Karten gedruckt wurden. Ich bekam genügend Aufträge, wodurch ich mir eine größere Wohnung leisten konnte. Dann aber kam die Zeit, in der sich die Modelmaße änderten. Zum einen entsprach meine Körpergröße nicht den Vorgaben der Modewelt. Ich maß nur 1,70 Meter und konnte zudem sicher sein, dass ein Model mit dunkler Hautfarbe, auch in der Funktion eines Mannequins, nur noch als ein i-Tüpfelchen unter all den hellhäutigen Models für eine Modenschau gebucht würde. Kurz: Ich entsprach dem aktuellen Mode-Trend nicht mehr.

Inzwischen hatte ich mich von Andreas getrennt und arbeitete in einem Bistro. Es überraschte mich, als mich dann doch noch einmal die Künstleragentur anrief, denn daran hatte ich keinen Gedanken mehr verschwendet. Doch wollte ich es noch einmal zu versuchen. - Ein Zeitungsverlag suchte ein dynamisches, sportliches Model, das sich für ein Karibikgetränk ablichten lassen sollte. Die Agentur, und ich, sahen darin eine Chance für mich.

Ich ging zu dem renommierten Zeitungsverlag. Erwartungsfroh stellte ich mich im redaktionellen Bereich vor. Ich war von meiner sportlichen Figur, die am Körper keine Delle aufwies, überzeugt und dynamisch war ich allemal. Eine freundliche blonde Frau trat vor mich und bat mich, mit ihr in ihr Büro zu gehen.

Sie lächelte und sprach zu mir:

„Ja, Du bist ein hübsches Mädchen!“

Ich sah sie freundlich an und fühlte mich geschmeichelt.

Sie räusperte sich. Und ging langsam um mich herum.

„Sportlich, wirklich hübsch"!

Ich lächelte, weil ich dem Auftrag entgegenfieberte, obwohl ich diese Art der Begutachtung etwas unangenehm empfand.

„Aber … leider … muss ich dir eine Absage erteilen."

Da erstarb mein Lächeln und meine Gedanken sprachen: „was soll das um mich Herumschleichen, wenn du blöde Kuh schon zu Anfang unserer Begegnung weißt, dass ich nicht infrage komme".

„Wir suchen einen ganz anderen sportlichen Typ", unterbrach sie mein Gedachtes und ich hörte wahnwitzige Worte, die nicht enden zu wollten.

„Um es richtig zu sagen: Blond soll sie sein. Ein hellhäutiger Typ - rothaarig, mit Sommersprossen wäre auch noch akzeptabel!“, sprudelte es ohne Unterbrechung aus ihr hervor.

Ich unterbrach:

„Nun, es soll doch ein karibisches Getränk beworben werden?“, da würde doch ein Typ, wie ich es bin, besser dazu passen“, trotzte ich ihr und nahm meine Handtasche vom Stuhl.

Ihre Körperhaltung wurde etwas straffer und sie antwortete:

„Wir fotografieren keine dunkelhäutigen Models.“

Autsch!

In Sekundenschnelle fiel mir ein, dass ich beim Durchblättern des Modejournals schon Models meines Typs gesehen habe und merkte dies an, während meine Füße sich zur Tür hin bewegten.

„Diese Mädchen wurden nicht in unserem Hause fotografiert. Es waren Kunden, die uns ihre Fotos zusendeten, mit der Bitte, diese in unserer Illustrierten für Werbezwecke abzubilden! Wir fotografieren nämlich, in unserem Haus keinen Typ, der Ihrem entspricht!“

Die Frau war nicht mehr zu stoppen, obwohl ich schon den Türgriff in der Hand festhielt. Ich hatte ihr Geschwafel schon längst verstanden und die Tür zum Flur geöffnet. Während ich mit einem Schuh schon den Flur betrat fuhr sie ohne Unterlass weiter fort, in einer Lautstärke, dass ich kein Wort verpasste.

„Wie kann ich dir das nur begreiflich machen?“

„Ach ja, rein arisch sollen alle unsere Models aussehen!“, rief sie noch hinterher und setzte damit einen Schlusspunkt.

Autsch! Autsch! Autsch! – Die Tür fiel etwas zu laut ins Schloss.

Das, ich nenne es mal das böse Wort, hat mich nun auch getroffen.

In all den vergangenen Jahren hatte es wüste Beschimpfungen gehagelt. Doch dieses Wort wagte kaum einer in der Öffentlichkeit auszusprechen.

Schon zu Anfang, als ich dieser Frau in die Augen blickte, hatte ich empfunden, dass sie an mir kein wirkliches Interesse hatte, obwohl ich von der Agentur den Auftrag bekam und ich in diesem Shooting eine gute Figur gemacht hätte. Ich war wütend auf mich, weil ich meinem Gefühl kein Vertrauen schenkte und nicht sogleich umkehrte, als die Frau ihre ersten Worte an mich richtete.

Rein arisch, pah! Das war die Krönung, die ich in meinen Modejahren je erlebte. Neben dem Erlebnis, das ich als Mannequin in einem Nachbarland hatte. In diesem Land bekam ich schon öfters Aufträge – ich fuhr gerne dorthin. Dem Veranstalter, der mich schon mehrmals gebucht hatte, vertraute ich, denn es gab noch keine, besonderen Vorkommnisse. Bei einem

Auftrag war ich die einzige Dunkelhäutige, die bei einer Bademodenschau mitwirken sollte. Wir führten eine schöne Bademode vor – alles lief einwandfrei. Doch aus heiterem Himmel, nach der dritten Vorführung auf dem Laufsteg, erwartete der Veranstalter von mir eine besondere Showeinlage, die zuvor nicht besprochen worden war. Ich willigte nicht ein, sondern packte meine Sachen zusammen da meine Zurückweisung hinter den Kulissen zu einem Streit ausgeartet war. Es war ein verlorener Tag, eine verlorene Gage, denn ich lehnte ab, das knappe leopardengemusterte Tangahöschen, das mir auffordernd entgegengestreckt wurde, ohne Oberteil vorzuführen. Sie hatten es aus einer Kiste hervorgeholt, mit dem ausdrücklichen Wunsch an mich, es auf dem Laufsteg zu tragen. Ich sollte die Attraktion des Abends sein. Barbusig wünschten sie sich mich! Ich sollte mich zwischen den mit Badekleidung angezogenen hellhäutigen blonden Bikini-Schönheiten bewegen und mich wie eine Wildkatze mit ausgefahrenen Krallen gebärden. Ich empfand diesen Auftrag als entwürdigend. So musste ich nicht lange überlegen mir meine Alltagskleidung wieder überzustreifen. Ich verzichtete auf einen Teil meiner Gage und flog wieder zurück nach Hause.

Mit der respektlosen Modewelt, die die Seele der Models außer Acht lässt, wollte ich nichts mehr zu tun haben. Entweder war die Haut zu dunkel oder zu hell, die Nase zu breit oder zu schmal, die Haare zu lockig, zu fein oder zu kurz. Und mein gut proportionierter Körper entsprach nicht mehr dem neuen Trend, außer ich verhielte mich wie ein Idiot unter den Hellhäutigen – denn er war zu klein. Allerdings gab es Ausnahmen in der Modewelt. Ich glaube daran, dass sich bis heute nichts geändert hat. Wenn ein Model mindestens über einen prominenten Ahnen verfügte oder eine außergewöhnliche Blondine war, waren die Körpergröße dann nicht mehr nennenswert und solch ein halbnackter Wildkatzenauftritt wäre auch von ihr nicht verlangt worden.

Ich nahm also ein weiteres Mal meinen Hut und kehrte für immer dieser heuchlerischen Modewelt den Rücken.

Zwar war ich in der Modeszene nicht mehr gefragt, doch die Männer liefen mir in Scharen hinterher. Ich konnte nach der Manier aussuchen: die Schlechten ins Kröpfchen, die Guten ins Töpfchen. Aber es gab einen Haken. Es gab kaum Gute, wie ich erfuhr. Nicht einmal ein Frosch war dabei, der sich zu einem lieben Prinzen verwandelt hätte.

Mit wenigen Ausnahmen entpuppten sich die Männer als Schmeißfliegen. Schillernd zu Anfang und dann ernüchternd, zeigten sie sich als Plagen, auf die ich gerne mit einer riesengroßen Fliegenkatsche gezielt hätte. Ich glaube, dass ich als sensible Frau toxischen Männern immer wieder begegnet bin. Allerdings konnte ich mich durch meine Selbstachtung von jedem befreien. Wenn ich aber zum Glück dann doch mal einen liebenswürdigen Mann kennenlernte, stand er leider unter der Fuchtel seiner Mutter oder des Vaters.

Als ein Erfahrungsspielzeug für den männlichen Erben war ich akzeptiert. Nicht aber, wenn der mich heiraten wollte. Somit war es schwer, Vertrauen in die Verbindung aufzubauen und eine harmonische Beziehung zu führen. Wobei ich davon überzeugt bin, dass manche Kerle die Drohung der Eltern nur als Vorwand benutzten, um nicht als ein Mistkerl vor mir da zu stehen, wenn sie nur Zärtlichkeiten mit mir austauschen wollten.

Ich fasse mal kurz meinen Eindruck, den ich in meinen jungen Jahren von der Umgebung in der ich aufwuchs bekam, zusammen:

Ich war ständig Vorurteilen ausgesetzt und ich sah Feindseligkeit in den Augen, nur weil ich nicht dem Alltäglichen entsprach. Ich war das braune Schaf inmitten der großen weißen Herde. Ich fiel auf! Wollte man mich auslesen?

Ich gehörte nicht nur zu den schwarzen Dummen, sondern auch zu jenen, die leicht hergehen! Neben mir wollten die Männer, die ich kennenlernte, liebend gern aufwachen. Wenn sie auch nach Jahren des Zusammenlebens ihre Zuneigung mir gegenüber beteuerten, war trotzdem bei den meisten Typen eine Heirat völlig ausgeschlossen. Andreas ausgenommen.

Deren Begründung war: „meine Eltern enterben mich!“

Ich war also auch ein „Enterbungsgrund“ – Ja, da rückten dann die vermeintlichen Liebesschwüre in weite Ferne.

Viele Probleme, die ich vor dem Kennenlernen meines zukünftigen Mannes hatte, lösten sich auf, bis auf die Probleme meiner Mutter. Die beschäftigten mich sehr.

Ich war noch zu jung, um sie unterstützen zu können. Ihr Zuhause waren mittlerweile Kliniken und Pflegeheime. Diese kümmerten sich um sie.

Bei Mama war Multiple Sklerose diagnostiziert worden! Ihre Krankheit hatte einen schweren Verlauf, der sie sehr früh in den Rollstuhl brachte. Dieses Fortbewegungsmittel half ihr nur über kurze Dauer, denn schon bald, konnte sie auch nicht mehr das Bett verlassen. Ich bemerkte, wenn ich sie besuchte, dass sich ihr Ton mir gegenüber mit den Jahren verschlimmerte. Ich war völlig überfordert und ich war es leid, sie weiterhin mehrmals im Monat aufzusuchen. Zweimal im Monat reichten auch. Zu meinem Schutze entschied ich mich später dann, sie nur zweimal im Jahr zu besuchen. Selbst dann endeten die Besuche nur in Vorwürfen und

Streitereien, obwohl ich die Einzige der ganzen Familie war, die sie all die Jahre aufsuchte. Meine Mutter war aggressiv gegen mich geworden. Im letzten Jahr bevor sie starb, sahen wir uns nicht mehr. Meine Rechtfertigung war ihr Verhalten gegenüber mir, mit dem sie mich und meinen mir unbekannten Vater für ihr schreckliches Leben verantwortlich machte. Damals verstand ich noch nicht, was in einem, der die Krankheit hat, vorgeht. Ich war dem nicht gewachsen. Aus dieser toxischen Mutter – Kind - Beziehung brach ich aus und konzentrierte mich nur noch auf mein Leben, das ich hoffte, verändern zu können. Damals ahnte ich noch nicht, dass meine Mutter mit siebenundvierzig Jahren sterben würde. Der Vorwurf, den ich mir dann machte, stand lange im Raum: „Du hast deine Mutter in ihren schwersten Stunden allein gelassen“.

Ich hatte zu kämpfen, mir selbst zu verzeihen, obwohl ich vier Wochen davor, einem glücklichen Ereignis gegenüberstand.

Da hatte ich mein erstes Kind geboren!

Doch ich besann mich und ließ die Jahre Revue passieren. Und ich sah mich in einem Säuglingsheim wieder, anhand eines Bildes, das von mir noch existiert.

Ein Jahr, nach Mutters Tod, feierte ich den ersten Geburtstag meiner Tochter und fuhr ohne meinen Mann mit dem Auto in meine Heimatstadt. Ich wollte mein Baby meiner Großmutter vorstellen. Oma zeigte sich hocherfreut, als sie ihre kleine hübsche Urenkelin kennenlernte. Bei Kaffee und Grieskuchen, eine meiner Lieblingsspeisen von ihr, blieb ich ein paar Stunden bei ihr.

Es war ein schöner, ein erfüllter Tag, an dem ich, als ich wieder zurück nach Hause fuhr in einer glücklichen Stimmung dahin schwelgte – Ich wusste, dass meine Oma, meine Tochter liebgewonnen hatte.

Der Behauptung, „dass hohes Alter der Grund ist, wenn ein Mensch trotz klarem Verstand sich nicht zu ändern vermag“, entgegne ich mit einem Nein, weil ich es anderes erfahren habe.

Nach dem Streit, den Oma und ich vor Jahren hatte und sie mich aus ihrem Haus hinauswarf, überraschte sie mich, ein halbes Jahr später, mit ihrer Freundlichkeit. Während ich sie aufsuchte, um den Rest meiner Habe abzuholen, hielt sie sich Zuhause alleine auf. Obgleich Oma mit mir nicht rechnete- ich mich nicht telefonisch angemeldet hatte - zeigte sie umgehend ihre Freude, mich wieder zu sehen. Etwas holprig fing unsere Aussprache an, aber ihr lag daran sich mit mir, über das Vergangene auszutauschen und ich stimmte ein. Wir führten kein ausgedehntes Gespräch, doch war es ihr wichtig mir zu vermitteln, dass es ihr Leid tat, das sich mein Leben, teils durch ihre Entscheidungen, nicht auf der Sonnenseite befand. Ich war platt, denn mit solch einem Geständnis hatte ich nicht gerechnet. Ich entschuldigte mich ebenfalls bei ihr, weil meine harten Worte ihr gegenüber nicht in Allem gerechtfertigt waren.

Ab diesem Tag waren wir eine Einheit. Zum ersten Mal sah ich in liebevolle Augen. Vor mir saß jetzt ein anderer Mensch. Jetzt war ich sicher, dass Großmutter mich mochte - Durch ihre Umarmung, die aus ihrem Herzen kam.

Ein Teil der großen Last wich von mir, erst recht, weil sie sich in den wenigen Jahren, in denen sie noch lebte, mir gegenüber liebevoll verhielt.

Vor dem Tod meiner Oma, den ich bedauere, unterstützte sie mich mit liebevollen Worten über ihre Urenkelin und einer kleinen finanziellen Spritze, mit der Aussage: „ich hätte dich in deiner Kindheit und Jugend viel mehr unterstützen sollen“.

Das ist für mich der Beweis, dass sich ein Mensch in späten Tagen noch ändern kann. Wieder einmal lernte ich, dass die Vergebung, einem das Leben erleichtert.

Alte Ufer 2017

Reisen in die Vergangenheit

Ich war im sicheren Hafen der Ehe angekommen. Drei Kinder bescherten mir Mutterglück und ich war froh, für sie ganz da zu sein. Mein Mann verdiente genügend. So konnten wir das auch einrichten, dass ich bei unseren Kindern zu Hause blieb. Etwas ließ mich trotzdem nicht zur Ruhe kommen. Ich sann darüber nach und fand Bruchstücke alter Wunden aus meiner Vergangenheit, die ich endlich schließen wollte. Die Erlebnisse, die sich mir angehaftet hatten, wollte ich endgültig loswerden. Nur wie?

Es erschien manchmal wie ein Fass ohne Boden. Ein Auf und Ab. Einmal mochte ich mich, dann aber lehnte ich mich ab. Zu meinen Kindern war ich nicht launisch - ich wollte ihnen unbedingt eine gute Mutter sein.

„Kann dies mir auch gelingen, wenn ich noch einige Altlasten in mir trage, denen ich noch nicht offen und sachlich gegenüber stehe?“, stellte ich mir öfters die Frage. Daran musste sich etwas ändern.

Einmal kam mir die Idee, alle meine ehemaligen, noch lebenden Erzieher aufzusuchen. Ich wollte wissen, wen ich noch vorfinde, all jene die meine Kindheit mitgeprägt haben. Wie würde ich sie mit meinem erwachsenen Denken betrachten.

Nacheinander, klapperte ich alle ab. Es erstaunte mich, dass alle die noch lebten, mich herzlich begrüßten. So, als wäre nichts geschehen. Sie waren freundlich zu mir. Jede einzelne Person beobachtete ich mit Argusaugen, während Erinnerungen ausgetauscht wurden. Doch sich an ihre Fehlbarkeit zu erinnern, schafften alle nicht. Ich warf ihnen nichts vor, sondern hörte ihnen nur zu. Währenddessen erkannte ich: Die hatten fast alles vergessen oder ihr Tun nicht wahrgenommen.

Eine Frau fiel mir besonders auf, und zwar jene, die meine erste Pflegemutter war. Sie war es, die mich mit ihren Füßen trat. Ihren Mann bekam ich nicht zu Gesicht, denn der war inzwischen verstorben. Das Unfassbare bei ihr war, dass diese Pflegemutter sich nicht daran erinnern konnte, dass ich ihr erstes Pflegekind war und das einzige Mischlingskind, das sie betreute. Das war seltsam. In dieser Ortschaft gab es aber nur eine Familie, die Pflegekinder bei sich aufzog.

Die hatte mich tatsächlich aus ihrer bewussten Wahrnehmung verbannt, – mich komplett ausgeblendet. Ich bemühte mich auch nicht weiter, ihre Erinnerungen wachzurütteln. An diesem Tag wusste ich nicht was schrecklicher war. Vor einer mir Fremden zu stehen mit dem Wissen, von ihr beinahe umgebracht worden zu sein, oder, dass sie mich aus ihrem Gedächtnis gelöscht hatte – was auch einem Tod gleich kam.

Ich möchte an dieser Stelle noch einflechten, dass diese Frau, im selben Ort lebte, indem ich im Kinderheim Buchengrund aufgenommen worden war. Eine Mitschülerin von mir, trug den gleichen Nachnamen wie diese erste Pflegemutter, auf deren Namen, mich meine Mutter und Oma aufmerksam gemacht hatten. Einmal fragte ich die Klassenkameradin, ob sie mit dieser Frau, die den gleichen Namen trug, verwandt sei. Worauf sie mir antwortete, diese sei ihre Tante. „Die zieht Pflegekinder bei sich auf – mit ihr aber, habe ich nichts zu tun.“!

Wie klein doch die Welt ist.

Für mich ist diese Frau der Beleg dafür, dass Verdrängen bis hin zum Vergessen funktionieren kann. Letztendlich hatte ich großes Glück, dieser Familie entronnen zu sein. Jetzt wo ich dieser Frau einmal freiwillig gegenüberstand, konnte ich loslassen und der unschönen Gewissheit, ein neutrales Gefühl überziehen.

Wieder bei mir zu Hause angekommen, ließ ich die Tage meiner Besuche Revue passieren und schlüpfte in die Rolle eines Beobachters. Genauso wie in meinen Kindertagen, erträumte ich mir eine Kinoleinwand. Ich stellte die Szenen wie bei einem Film nach. Diesen Film ließ ich auf meiner erdachten Leinwand laufen und beobachtete die Akteure - meine vergangenen Erzieher und Pseudogeschwister. So konnte ich das Verhalten der Leute mit Distanz ergründen. Damit schuf ich einen Abstand zu ihnen. Einer meiner Schutzmechanismen, der mir immer, mein ganzes Leben, wieder auf die Beine half.

Mir wurde damit bewusst, dass all diese Personen Menschen waren, die durch ihre Unzulänglichkeit daran gehindert wurden, ein Leben mit Empathie zu führen. Ich erkannte meine Stärke ihnen gegenüber und bedauerte sie. Das verhalf mir wiederum, allen im Geiste zu verzeihen. Und dabei ließ ich die bereits Begrabenen auf dem Friedhof nicht aus.

Ich hatte nach so vielen Fragen eine Antwort gefunden. Ich konnte endlich meine Wut auf alle neutralisieren und mich voll und ganz auf meine Kinder, konzentrieren.

Damit lernte ich, in meiner Zukunft niemanden etwas nachzutragen. Lediglich, mich schnell zu entscheiden, wer einem wohl gesonnen ist oder gefährdend auf einem einwirkt. Meine Erlebnisse sind nie in Vergessenheit geraten, aber ich erkannte, dass ich glücklicherweise schon in meiner Jugend eine starke Persönlichkeit war. Dennoch wollte ich im Leben größere Vorsicht walten lassen. Eine Vorsicht, die ich aber bei meinem zukünftigen charmanten Mann, den Vater meiner Kinder, in den Wind schlug.

Ich hätte es wissen sollen, denn es gab Anzeichen, die mich davor warnten, mich mit meiner neuen Bekanntschaft zu treffen. Trotzdem ließ ich es außer Acht und verabredete mich mit ihm. Er hieß Knut. Beharrlich hatte ich ihn einige Jahre von mir ferngehalten.

Bei einem ersten Treffen blieb es nicht, denn ich war seinem Charme, seiner Intelligenz und seiner Gewitztheit erlegen. Somit wurde Knut mein Freund und der Vater des ersten Kindes.

Er heiratete mich, eineinhalb Jahre später, nachdem ich drei seiner Heiratsanträge abgewiesen hatte – ich war mir nicht sicher, ob er der Richtige für mich wäre. Zu oft fragte ich mich: „Heiratet er mich aus Liebe oder ist es Kalkül“? Wobei ich heute behaupte, dass es nicht um meiner Selbst Willen geschah. Sicher auch nicht wegen des Geldes. Denn ich besaß nichts und er war insolvent. Ich vermute, er kämpfte um seinen guten Ruf.

Jedenfalls erfuhr meine Schwiegermutter von dem heranwachsenden Wesen in meinem Bauch. Ihre erste große Bitte war, das Kind abzutreiben. Wumm!

Das aber entsprach nicht meinen Glaubenssätzen, also verneinte ich.

Es war keine leichte Schwangerschaft.

Ich litt unter dem unstillbaren Schwangerschaftserbrechen was zu einer aberwitzigen Meinung der Mutter führte.

Mit der Aussage, das Blut eines Mischlings sei nicht kompatibel mit dem Blut ihres Sohnes, und deshalb litte ich unter einem unstillbaren Erbrechen, versuchte sie mich wiederholt dazu zu bewegen, das Kind abzutreiben und, dass ich mich von ihrem Sohne zu trenne. Als mich zu diesem Zeitpunkt auch noch Knut bedrängte, eine Fehlgeburt herbeizuführen, wollte ich doch eigene Wege gehen. Knut gefiel mein Vorhaben nicht, ehrlich gesagt mir auch nicht. Mir war bewusst, dass in meinem

Leben, alleine mit meinem Kind, große Schwierigkeiten auf mich zukommen könnten.

Knut besann sich eines Besseren und schlug vor, mit seinem besten Freund in den Urlaub zu fahren, um auf klare Gedanken zu kommen. Nach zwei Wochen kam er zurück und war wie ausgewechselt. Er freute sich sogar auf unser Kind, und plante unsere Zukunft mit zwei weiteren Kindern, wenn es ihm finanziell besser ginge.

Nur seine Mutter blieb ihrer Überzeugung treu. ich konnte ihr den Unsinn nicht ausreden. Im wahrsten Sinne des Wortes, war der Grund - und davon bin ich überzeugt - dass der Druck, der auf mir lastete, mich regelrecht zum Kotzen brachte.

Trotz der angeblichen Unverträglichkeit des Blutes bekam ich noch zwei weitere gesunde Kinder. Es hüpften jetzt blonde Kinder, zur Freude meiner Schwiegermutter, durch das Haus. Trotzdem zog sie den Zuwachs der Geschwister von Knut wie auch die Kinder von ihrem Nachbarn meinem Nachwuchs vor.

Die schlechteste Karte hatte mein erstes Kind gezogen.

Schon einen Tag nach der Geburt meiner Tochter besuchte uns Knuts Mutter im Krankenhaus.

„Das ist aber keine von uns“, war sogleich ihre Feststellung, nachdem sie das Neugeborene im Bettchen liegend ansah. Sie zeigte sich auch sichtlich irritiert, als ihr die Lanugo Haare[2], auf der Stirn des Babys auffielen, wovon noch wenige zu sehen waren. Sie verglich ihre Kinder, die alle hellhäutig mit Glatze geboren waren, mit meinem Kind, das dunkle Haare auf dem Kopf trug und kam mit den Worten zum Schluss: „Die ist ja affengleich!“.

---

[2] Die Lanugo Behaarung ist ein wichtiger Bestandteil der Haut des Fötus und dient zu dessen Schutz vor Vibrationen, Schall und Druck. Zum Ende der Schwangerschaft wird sie abgestoßen. Doch bei manchen Säuglingen ist sie noch nach der Geburt vorhanden, fällt aber kurz danach aus.

Neben den Erfahrungen mit meiner Schwiegermutter gab es andere Begebenheiten mit fremden Menschen, die mich, wenn es nicht so traurig gewesen wäre, beinahe zum Lachen gebracht haben. Eigentlich war es wirklich zum Lachen, denn solche Geschichten klangen wie ein schlechter Witz.

Mein zweites Kind hatte, wie ich schon einige Zeilen vorher anmerkte, naturblondes Haar und einen hellen Teint, im Gegensatz zu meiner Ältesten. Ich betone naturblond deshalb, weil ich danach gefragt wurde, ob ich ihr Haar bleichen würde.

Dass ich ein kleines Kind mit hellblondem Haar mein Eigen nennen könnte, überstieg mancher Vorstellungskraft. Das verstehe ich. Aber, dass es Menschen gab, die ernsthaft davon überzeugt waren, dass ich die zarte Haut meiner zweijährigen Tochter mit samt den Haaren in chemische Mittel einweichte, übertraf selbst meine Fantasie. Nicht nur deren Haarfarbe wurde infrage gestellt, sondern auch das Kraushaar meiner Älteren. Die entlockten doch manch einem die Frage: „Lassen sie beim Friseur dem Kind die Dauerwellen machen?“, obwohl ich selbst mit meinem Afrolook neben ihr anwesend war.

Ja, das liebe Haar fand immer Interessierte - bis auf mich, die in ihrer Kindheit damit nichts anfangen konnte. Später aber, in den siebziger Jahren, verhalf mir der berühmte Rockmusiker „Jimmy Hendrix“, zu meinen Haaren zu stehen. Ich lernte den Afrolook kennen, dazu den Afro-Kamm aus Holz, den ich neckisch ins Haar steckte und der auch zu sehen war. So begann ich mein krauses Haar zu lieben.

Diebstahl

Zurück zu meinem zweijährigen blonden Mädchen.

Mein zweites Kind hatte damals blaue Augen und war hellblond wie ihr Vater und meine Mutter es waren. Eines Tages kaufte ich Kleidung für meine beiden Töchter, wovon die jüngere, das blonde Kind, im Buggy saß. Die freundliche Verkäuferin verschwand kurz hinter einem Vorhang, um die richtige Größe der ausgesuchten Kinderkleidung zu suchen. Derweil betrat ein Paar dieses Kindergeschäft und stellte sich neben dem Buggy, der sich neben mir befand, vor die Verkaufstheke hin. Eine zweite Angestellte, die zuvor Waren etikettierte, bediente jetzt die beiden Neuankömmlinge. Meine Verkäuferin kam vom Lager zurück mit dem gewünschten Kleid. Ich bezahlte meinen neuen Erwerb und verließ mit meinen Kindern das Geschäft. Soweit, so gut!

Es geschah in einer Fußgängerzone, als mich die Leute, die an mir vorbeigingen, verwirrt anstarrten. So einen Pulk von verwirrten Leuten habe ich noch nie gesehen. Gehörte ich jetzt zur Prominenz oder klaffte vielleicht ein geöffneter Hosenschlitz an meiner Jeans.

Nein, die Antwort zeigte sich hinter mir, da mir eine Verkäuferin aus der Kinderboutique gestikulierend hinterherlief. „Sie, lassen Sie das Kind da!“ schrie sie durch die Menge.

Zuerst einmal suchte ich ein fremdes Kind, das eventuell sich in meiner Nähe befand. Ich erblickte aber keines und ging weiter. Dann aber griff eine Hand nach meinem Buggy und stoppte ihn und mich. Es war die Hand der Verkäuferin, die ungeniert eines der Griffe vom Buggy festhielt. Ich war verdutzt, weil die Aufforderung der Frau tatsächlich mir galt. Jetzt erst verstand ich, warum die Menschen, die mir entgegen liefen, in die Höhe auf den Buggy schauten, den ich vor mir herschob.

Sollte ich mich von ihr losreißen, die Situation als Joke auffassen, oder sollte ich mich fürchterlich aufregen? Ich entschied mich dazu, mich nicht aufzuregen, aber zischte sie an, während ich sie anstarrte: „ernsthaft - jetzt?“

Zwar hatte ich mich daran gewöhnt, von wildfremden Menschen immer wieder gefragt zu werden: „Sind sie die Mutter des blonden Kindes?“ Hier aber war ich verwundert, dass die Verkäuferin nicht sofort bemerkte, dass das Paar, das sie im Kindergeschäft bediente, in der Fußgängerzone nicht weit von uns entfernt stand, sie befremdet anstarrte und mit einem Kopfschütteln ihres Weges ging. Die Kommunikation zwischen ihr und ihrer Kollegin die mich in der Kinderboutique bediente, schien auch nicht zu funktionieren.

Die Miene der Verkäuferin sprach Bände, als erhoffe sie die Zustimmung der von den ringsherum stehenden Neugierigen. Sie ließ erst wieder von mir ab, als sie ihren Irrtum bemerkt hatte. Beiläufig entschuldigte sie sich dann bei mir und ließ mich mit meinen Kindern weiterziehen.

Einerseits war ich peinlich berührt, um nicht zu sagen schockiert. Andererseits gefiel mir ihre Courage, sich dem Kindesdiebstahl entgegenzustellen. Doch hätte es diese beschämende Aktion nicht gegeben, wenn die Frau schon zuvor aufmerksam gewesen wäre, als ich mit meinen Kindern die Boutique betrat.

Ich kann behaupten, dass ich durchweg all die Jahre Fremdenfeindlichkeit erlebte. Kein Mensch, weder meine Familie noch mein Mann, unterstützten mich und meine Kinder in den schwierigen Situationen, die durch Rassismus entstanden. In der Familie meines Mannes und in den Schulen meiner Kinder wurden Aussagen über rassistische Äußerungen seitens der Schüler, wie ich es ebenso erlebte, abgemildert oder für unglaubwürdig gehalten. Es herrschte eine Überheblichkeit, dass solche Wahrheiten, die ich vor allem meinen Mann mitteilte, unter dem Tisch gekehrt wurden.

Der Mann, der mich heiratete, gab mir den Eindruck, dass er mich liebe. Dennoch hatte er große Schwierigkeiten, hinter mir und hinter seinen Kindern zu stehen. Als säße er zwischen zwei Stühlen. Nein, Drei, denn er hatte auch Probleme dabei, sich für mich oder den Frauen die er traf, zu entscheiden. Er entschied sich für seine Familie, aber auch heimlich für die Frauen, bei denen er immer, wenn ich einen Betrug bemerkte, sie und sich als Opfer betrachtete und mich als Nichtverstehende beschimpfte. Außerdem erlebten meine Kinder und ich in seiner Umgebung ein stetes Auf und Ab. Wir schlugen uns durch Freude und Ablehnung, was auf Dauer schwer zu ertragen war. Der Mann, der mir, bis ich Ja sagte, drei Heiratsanträge gemacht und drei Nachkommen mit mir zeugte, verstand mich und seine Kinder nicht. Ihm fehlte es an Einfühlungsvermögen. Unsere Streitereien waren zum Davonlaufen - nach elf Ehejahren tat ich es dann auch.

Ich fand schnell ein schmuckes Haus, das groß genug für die Kinder, die Hunde und mich war. Weit abgelegen lag es in einem kleinen Dorf, das uns eine wunderschöne, idyllische neue Wahlheimat bot. Mit einer monatlichen finanziellen Unterstützung vom Vater meiner Kinder, meinem Abschluss als psychologische Beraterin und meiner beruflichen Selbständigkeit, war es mir möglich, einen Teil des Unterhalts für meine Kinder, wie auch die Unterkunft zu finanzieren. Dort konnten wir uns teilweise vor dem Alltagsrassismus schützen. Ich verbuchte auch einen kleinen Erfolg in meinem neuen Beruf. Leider nur kurzweilig, weil es dann ein jähes Ende nahm - ich war krank geworden. Mich überraschte ein Gehörsturz, von dem sich mein rechtes Ohr bis heute nicht erholte. Meine Kinder zogen in verschiedene Städte um dort zu studieren. Mir war das Haus zu groß geworden. Ich zog um in eine mir vertraute Stadt. Ein Jahr danach zwang mich ein Schlaganfall dann zur Ruhe, denn ich war halbseitig gelähmt. Hinzu kam ein Makulaödem, wodurch ich auf meinem linken Auge kaum noch etwas sah. Alles in allem kam ich mir vor wie eine von den drei Affen nach dem japanischen Ursprung.

"Nichts mehr hören, nichts mehr sehen, nichts mehr sprechen wollen".

Es vergingen Jahre bis ich mich wieder von den Strapazen erholt habe. Dank der Hilfe von Ärzten, Physiotherapeuten, meiner Beharrlichkeit, und dem Glauben an die Heilung wurde ich wieder gesund. Ich habe den von mir getrennt lebenden Ehemann verziehen und führe jetzt ein ruhiges, zurückgezogenes Leben, indem ich meine Hunde liebevoll umsorge. Für deren Wesen ich ewig dankbar bin. Und ich habe mit dem Malen wieder begonnen, das ich schon seit meiner Jugend liebte. Meine Kinder, die im Übrigen leider auch den Rassismus in abgeschwächter Form erfahren haben und ich, pflegen ein vertrauensvolles Verhältnis.

Meine angeheiratete Familie veranstaltete häufig ein Zusammentreffen. Ich wurde eingeladen und entschied mich, mit meinen inzwischen erwachsenen Kindern, hinzufahren. Es sollte der achtzigste Geburtstag meiner Schwiegermutter gefeiert werden. – Im Verzeihen hatte ich ja schon genügend Übung.

Sie war von mir und den Kindern überrascht worden, eine Idee des Vaters meiner Kinder, der wiederholt mir beteuerte, seine Mutter und ich wären „Best Friends“, hätte ich ihn nicht geheiratet. Und ja, ich blickte in feuchte Augen, als ich vor ihr stand und sie begrüßte. Ihr Ausdruck überraschte mich, denn er verriet, dass sie mehr als erfreut war mich mit den Kindern zu sehen. Ich nahm mir vor, dieses Bild in mir zu verewigen. Das half mir, die vielen verletzenden Worte uns gegenüber ad acta zu legen. Leider mussten meine Kinder und ich, fünfzehn Jahre später, am Tage ihrer Beerdigung noch einmal erfahren, dass sie gegenüber ihren anderen Enkelkindern mehr als liebevoll und großherzig war. Nicht ihr Tod trieb uns die Tränen in die Augen, sondern die ungeschminkte Wahrheit, die unser Ego zu guter Letzt noch einmal kränkte. Trotzdem sei ihr verziehen!

Orchidee 2015

Epilog

Ich begegnete Menschen, die von meiner Person beeindruckt waren und mich fragten wie ich mein Leben, trotz der vielen Steine, die meinen Lebensweg mit Rassismus pflasterten, gemeistert habe?

Ich legte keine für unsere Gesellschaftsgruppe als wichtig erachtende Karriere hin. Habe also keinen materiellen Erfolg vorzuweisen, trotz der lichten Momente die es in meinem Leben ebenso gab.

Leute, die der Überzeugung waren, dass ich eine Verliererin sei, kreuzten meinen Weg. Für sie galt ich als Wesen, das vom Leben nichts Besseres erwarten darf, als das, was ihm zusteht. Das war nicht viel, war deren Meinung. Manchmal geriet ich dadurch ins Wanken, denn jene Leute versuchten mir „Armseligkeit" einzureden und so behandelten sie mich auch. Doch das gründliche Nachdenken über den Sinn des Lebens führte mich hin zu meinem wertvollen Naturell. Schon vor vielen Jahren erkannte ich, dass ich eine innere Stärke besitze, die in allen Gesellschaftsschichten nicht allzu oft vorzufinden ist. Ich finde es fabelhaft, dass ich meine Seele, trotz Rassismus, psychischer und physischer Gewalt, nicht brechen habe lassen. Dazu unterstützte mich die Fähigkeit, mich vom Leid distanzieren zu können und mein unbeugsamer Wille, den Verursachern strafend in die Augen zu sehen. Mit Freunden, denen Bildung kein Fremdwort war, sprach ich darüber, suchte schöne Orte auf, wo ich Freude empfand. So fühlte ich mich nicht als Opfer, sondern als Gewinnerin, denn meist verzweifelten die Menschen, an meiner Unzähmbarkeit, die mir oft nachgesagt wurde wie auch an meinen Sinn für die Schönheit des Lebens.

Wenn Sie mich fragen: „Ich bin erfolgreich."

Schlusswort

Heute blicke ich mit Stolz und Dankbarkeit auf die von mir verfassten Worte meiner Autobiographie. Denn noch vor Jahren, zweifelte ich an meinem Schaffen und der Hoffnung, dass dies eine nachhaltige Wirkung zeigt. - Zu viele Menschen müssen noch immer unter den Auswirkungen des Rassismus leiden.

Dieses Buch soll helfen, dem Rassismus entgegenzuwirken.

In uns allen sehe ich eine Menschheitsfamilie, die durch ihre Vielfalt bereichert wird. Die verschiedenen biologischen und kulturellen Merkmale geben uns die Chance, eine großartige Horizonterweiterung zu erfahren und in der Gemeinschaft friedvoll miteinander und nebeneinander zu leben.

Es bedarf keines Aufschubs. Der Moment ist da.

***

Ich möchte die letzten Zeilen mit Dankbarkeit beenden und ich kann es kaum erwarten, weitere Schritte einzuleiten, damit mein Buch schon bald von vielen gelesen wird.

Ein großes Dankeschön an meine Leser, die für diese Thematik Interesse zeigen und sich nicht davor verschließen.

Mir ist es auch wichtig dem Team zu danken, welches mir bei der Arbeit am Buch mitgeholfen hat und den nötigen Impuls gab. Einen besonderen Dank an Carola Bodanowitz, Alexandra Felts, Daniel Ruf /Graphtraffic.

Ich danke allen Freunden, die mir Mut zusprachen Ausschnitte aus meinem Leben niederzuschreiben und sie zu veröffentlichen. Die konstruktive Kritik meiner Freunde trieb mich vorwärts und ermutigte mich, an mich zu glauben und beharrlich meinen Weg weiterzugehen. So gilt auch ihnen ein großer Dank.

Einen lieben Dank richte ich an meinen Onkel Robert. Er war mir, in den schweren Zeiten meines Erwachsenenalters, eine besonders große Stütze.

Nicht zu vergessen: Ich bin den Ärzten und den Krankenschwestern ewig dankbar, denn durch rehabilitative Maßnahmen verhalfen sie mir dazu, wieder vollständig gesund zu werden.

Meine wunderbaren Kinder erwiesen sich als sehr geduldige Menschen: während des Auskurierens der Krankheiten unter die ich litt und während der Arbeit am Buch. Sie gaben mir viel Kraft und verhalfen mir dazu, mich in meinen Texten nicht zu verlieren. Dankeschön dafür!

Zu guter Letzt bin ich voller Dankbarkeit allen Mitwirkenden gegenüber, sollte ich jemanden vergessen haben, möge man mir dies nachsehen.

Bea Berenik

Schleife 2016

ISBN 978-3-8187-7136-2
9 783818 771362
www.epubli.com